LETTRES NÉERLANDAISES
série dirigée par Philippe Noble

LES PORTEURS DE GLACE

DU MÊME AUTEUR

LE CHEF-D'ŒUVRE, Actes Sud, 1999.
LE SECRET, Actes Sud, 2001 ; Babel n° 578, 2003.

Toute similitude avec des personnes ou des institutions existantes ou avec des événements réels serait le fruit du hasard.

Titre original :
De Ijsdragers
Editeur original :
Uitgeverij De Arbeiderspers

ISBN 2-7427-4234-4

Illustration de couverture :
Eero Järnefelt, *Fleurs dans l'eau* (détail), 1892
Pohjanmaan Museo, Vaasa / Österbottens Museum, Vasa

ANNA ENQUIST

Les Porteurs de glace

roman traduit du néerlandais
par Micheline Goche

ACTES SUD
HUBERT NYSSEN ÉDITEUR

Je dédie ce livre à ma fille Margit qui, grâce à son sens littéraire et à sa grande sensibilité, m'a aidée à le réaliser.

I

Elle avait toujours détesté le sol sablonneux dont pourtant beaucoup de gens vantaient les mérites. Il serait bon pour la peau et salutaire aux voies respiratoires. Elle exécrait ces dépôts éoliens nonchalants que sont les dunes avec leurs oyats nuisibles, elle méprisait cet élément qui se laissait si facilement disperser par le vent, si passivement traverser par la pluie salvatrice et si docilement employer comme abrasif ou chronomètre. Enfant, elle observait, sur la plage, les énormes traînées de sable chassées par le vent, à une dizaine de centimètres au-dessus du sol ; elle sentait les grains lui piquer les mollets et riait. Excitation insensée, exaltation enfantine.

C'était merveilleux de vivre ici, disait Nico. Plus d'un pourrait leur envier cette vaste maison ancienne en bordure des dunes, entourée d'un bon morceau de terrain. Il ne voyait pas que ce sol ne produisait quasiment rien, il n'avait pas remarqué qu'elle avait déversé des charretées de terreau et enfoui d'innombrables sacs de bouse de vache séchée. Le résultat était un modeste carré d'herbe au milieu du jardin. Autour, le sable n'avait cessé de grimper, à la recherche de bruyère et de pins, ces arides acolytes du paysage de dunes.

Ce qu'elle aimait, c'étaient les polders. Argile, herbe grasse et beaucoup d'eau. Là, les élévations du terrain remplissaient une fonction, elles donnaient au paysage une structure et un sens. Les digues rappelaient les rivières et les haies marquaient les chemins. Et puis tout était uniformément plat et panoramique, les prairies découpées, de façon rationnelle, par d'étroits fossés et de la verdure jusqu'à l'horizon. Et un vol d'oies qui, à la tombée du soir, se posait sur ce terrain de football nourricier : les oiseaux broutaient l'herbe de leurs becs en dents de scie, puis, satisfaits, s'endormaient, la tête sous l'aile. Aucun déferlement houleux, mais de paisibles cours d'eau.

Elle devait sortir les courses de la voiture et les ranger avant le retour de Nico. Le soleil était suspendu au-dessus du sombre bois de conifères. Elle quitta ses souliers et ses chaussettes et marcha pieds nus sur son petit paradis artificiel d'herbe. Il se desséchait sur les bords, constata-t-elle.

Elle avait garé la voiture de façon à laisser largement assez de place pour la Saab de Nico. Elle allait mettre sa bière sans alcool au réfrigérateur, ainsi que la viande d'agneau et la salade. La plante de ses pieds s'incurvait sur les cailloux de l'allée. Le hayon s'ouvrit bruyamment, livrant un trésor de plants : tomates, courgettes, potirons. Elle les coltina jusqu'à l'endroit où elle avait choisi d'installer le potager, le plus loin possible des pins ombreux. D'ores et déjà, elle posa à côté la bêche et un grand sac de terreau. Ce soir, peut-être, sinon, demain matin, avant d'aller à l'école. Aux deux premières heures, elle avait les quatrièmes*, mais ils étaient en atelier cette semaine. Elle aurait le temps.

* Correspond à une classe de seconde dans le système scolaire français. *(N.d.T.)*

Tandis que, lentement et méticuleusement, elle rangeait les aliments dans le réfrigérateur, elle entendit la voiture de son mari rouler dans l'allée. Elle se lava les mains sous le robinet de la cuisine, se força à baisser les épaules et gagna le couloir.

Avant que Nico ait pu introduire la clé dans la serrure, elle lui ouvrit la porte. Il rangea sa lourde serviette contre le mur et posa un baiser furtif dans les cheveux de sa femme, en route vers la cuisine, vers la bouteille de genièvre.

Un seul petit verre, dit-il, ensuite, par prudence, il boirait de la bière afin de rester lucide, ce soir, pour la réunion.

Que pouvait-elle bien dire : la journée a été bonne, veux-tu des côtelettes d'agneau, c'est pour quoi cette réunion, à quelle heure dois-tu partir ? En silence, elle le suivit dans la cuisine. Il avait retiré sa veste et l'avait posée sur le dossier d'une chaise. Il picora dans la salade qui se trouvait sur le plan de travail, sortit la bouteille du réfrigérateur et s'assit à table, les jambes écartées.

— Tu en veux ?

Il remplit son verre et le porta à sa bouche en gémissant. Elle retint son souffle jusqu'à ce qu'elle l'entendît avaler, comme on suit avec attention un enfant qui ingurgite une bouchée.

— Oui, je veux bien, dit-elle.

Lorsqu'elle vint s'asseoir en face de lui, il sourit. Il se frotta le visage des deux mains.

Il doit aller chez le coiffeur, pensa-t-elle, ses cheveux tombent sur son col. Ça lui va bien, ça le vieillit un peu ; je l'aime mieux ainsi qu'avec les cheveux courts. Il a perdu son éclat, il est fatigué. Tout de suite, bientôt, je ne vais pas tarder à lui faire à manger. Elle se représenta la façon dont elle allait couper la salade, les tomates et l'oignon, d'abord selon un quadrillage, puis, obliquement, en petits morceaux, prendre le fromage de chèvre et cette huile délicieuse qu'elle avait achetée récemment. Pendant ce temps, il parlait. De quoi ? Ses paroles coulaient sur la table de cuisine et glissaient comme du sirop vers le sol. Elle regarda ses pieds nus sous le jean. Ses chaussettes ? Ah oui ! dans l'herbe.

— Ils veulent bien disposer de ce service, mais pas le payer. Ils suscitent énormément de résistance, ils laissent un tas de vagabonds et de sociopédagogues comploter entre eux, sans intervenir. De la provocation !

Il s'appuya sur le dossier de sa chaise et la regarda se lever, sortir le couteau et la planche et se pencher vers le bac à légumes.

— A huit heures à la mairie, avec la police et l'adjoint au maire. Un entretien qui s'annonce mal. D'accord, c'est magnifique, ce centre de crise, mais ça nous coûte les yeux de la tête le salaire de huit personnes à temps plein qui se tournent les pouces nuit et jour, entre les lits vides, plus la prime d'horaire irrégulier. Hein Bruggink m'a fait le calcul, avec cet argent, on pourrait faire tourner la moitié d'un service. Il est joli ton chemisier.

Des petits oignons, c'est délicieux. Couper soigneusement le persil aux ciseaux au-dessus de la salade. Des olives, du thym frais.

— Le problème est entièrement du côté de la municipalité, dit Hein. Nous voudrions bien nous en occuper, mais nous n'en avons pas les moyens. Je dois obtenir d'eux qu'ils le résolvent. Et proposent des solutions de remplacement.

Elle mit les assiettes et le saladier sur la table, frotta les couverts d'argent avec un torchon, sortit des verres à vin de l'armoire.

— On peut envoyer les gens au service des urgences de l'hôpital général ou au poste de police. Seuil plus élevé, moins d'expertise à l'entrée, mais, avec une bonne introduction de notre part, cela se justifie très bien aussi. Je préfère de la bière.

Autre verre. Décapsuleur. Verser. L'agneau grésillait dans la poêle. Le jardin était à présent dans l'ombre ; elle vit ses chaussures gisant dans l'herbe sombre, l'une toujours bien droite, l'autre couchée sur le côté, un peu plus loin.

Elle remplit le lave-vaisselle et Nico farfouilla dans son bureau, situé à l'avant de la maison, pour rassembler des papiers. Il était sept heures et demie, le soleil avait disparu et le ciel s'embrumait. Soudain, elle le sentit derrière elle : il lui massait les épaules. Elle se retourna vivement, le chassa en plaisantant et le regarda se diriger vers la voiture en balançant sa serviette.

Elle glissa les pieds dans les sabots rangés près de la porte de la cuisine. Elle plaça la bêche perpendiculairement au terrain et l'enfonça dans le sol. Elle creusa profondément dans le sable, un large trou. Le plastique épais du sac de terre refusait de se briser ; elle le mit à plat et, d'un coup de bêche, y fit une entaille cruciforme. A présent, elle pouvait jeter le terreau dans le trou à deux mains ; finalement, elle plaça un plant de potiron plein de bourgeons dans le cercle fertile. Au suivant. En hâte, elle poursuivit son travail dans la pénombre. Comme elle écartait sans cesse ses cheveux de son visage, de la terre lui collait au nez et au front. Elle transpirait et respirait par la bouche en haletant.

Comme elle s'arrêtait un moment, une main appuyée sur la bêche et soutenant son dos de l'autre, elle aperçut une femme sur le balcon de la maison voisine. Elle fit un signe rapide et se pencha à nouveau vers le sol.

Rentre, femelle curieuse. Les plantes doivent être mises en terre immédiatement, sinon elles se dessèchent. Ou : on ne peut jamais repiquer pendant la journée, sinon la plante s'épuise, la nuit est le meilleur moment. La première eau doit être la rosée. Ou : ma journée est si remplie, mon métier si prenant, mon travail si important que je ne peux entretenir mon jardin que le soir. Peut-être qu'un kilt va me pousser à la taille, à moi aussi, pour peu que j'habite ici assez longtemps.

Le dernier plant de tomate était en place. D'un mouvement brusque, elle se débarrassa des sabots et, traînant les pieds sur l'herbe, se dirigea vers le tuyau d'arrosage. Elle fit surgir une flaque de boue autour de chaque plan et se rinça ensuite les mains à l'eau glacée.

Morte de fatigue, elle se mit au lit. Il lui fallait régler le réveil un peu plus tôt car elle n'était pas arrivée à terminer la correction de la pile de versions de contrôle. Elle avait vidé sa serviette, posé livres et papiers sur la grande table, avait pris dans la bibliothèque, derrière elle, dictionnaire et glose et s'était mise au travail comme de coutume. Elle était restée bloquée sur la copie de la troisième élève, elle n'arrivait pas à se concentrer et sentait ses yeux s'irriter, ses paupières s'alourdir.

Le sommeil vint rapidement. Avant de perdre conscience, elle ne remonta qu'une seule fois à la surface, angoissée et effrayée par elle ne savait quoi, mais lorsqu'elle se retourna face à la fenêtre, elle put s'abandonner.

Elle se réveilla quand Nico vint se coucher à côté d'elle.

— Ça a marché, dit-il doucement, le centre de crise va être supprimé dans six semaines. Je les ai pris de court. Un beau succès.

Elle fut tout de suite complètement réveillée.

— Mais tu as perdu. Tu le voulais ce centre, tu trouvais que c'était bien, non ?

Elle perçut le ton haut perché et insistant de sa voix.

— Bien sûr, mais ils auraient dû participer au financement. Nous sommes un hôpital psychiatrique, nous ne ne sommes pas là pour jouer le rôle de soupe populaire et de poste d'accueil. C'était une expérience malheureuse. Je suis content d'avoir pu y mettre fin.

Il se tourna et se retourna jusqu'à ce qu'il se sentît bien, la main sur la hanche de sa femme. Elle regardait le carré gris de la fenêtre, derrière lequel les austères conifères se détachaient sur le ciel sombre. Un long, trop long moment passa avant qu'elle prononce un mot. La respiration de Nico était déjà profonde et régulière.

Quand on ne sait plus où aller, quand on est dans le désarroi ou la panique – quand on a peur des psychiatres ou qu'on n'ose pas se rendre dans une institution – on est bien content de trouver un centre de crise, tu ne crois pas ? Il y a au moins un endroit en ville où peut aller celui qui ne sait plus à quel saint se vouer. Même la nuit.

Nico soupira. Il lui caressa la tête jusqu'au moment où ses doigts effleurèrent ses joues humides. Ensuite il se retourna et replia les genoux.

*

Lorsqu'elle sortit de l'école, le temps était encore radieux. Elle se sentait pleine d'énergie, compétente, satisfaite. Ce matin, les nouvelles plantes se dressaient fièrement dans leurs lits d'un noir profond ; les élèves avaient écouté attentivement les remarques amicales mais sans concessions qu'elle avait faites en distribuant les contrôles ; au-dessus du canal planait une lumière chaude et saturée.

Elle avait eu l'intention, un moment, d'aller jeter un coup d'œil sur les aromates au marché aux fleurs, mais elle resta sur la grande place, à l'ombre des maisons. En fait, elle n'avait nulle envie de trimballer des sacs et des poches de plastique et préférait boire une bière à cette terrasse à moitié vide, dans la chaleur agréable du soleil de midi.

Elle étendit les jambes et regarda, à travers ses cils, la façade de l'église, de l'autre côté de la place. Elle perçut vaguement la conversation de deux femmes qui parlaient de vêtements d'été, de porter ou non des bas, d'un rendez-vous, si du moins c'était possible pour Hein. Elle ouvrit les yeux et vit une femme assez forte partir à vélo, un sac de sport suspendu à son guidon. L'autre, blonde, parfaitement maquillée, vêtue d'un tailleur jaune clair, se posta devant elle, une raquette de tennis sous le bras, et sourit.

Elle tenta de retrouver, à la vitesse de l'éclair, de qui il s'agissait. Elle sentait qu'elle la connaissait. Pas une collègue de l'école. Pas une collaboratrice de Nico. Une personne importante, un notable, la femme du notaire, du médecin ? Non : Ineke Tordoir, l'épouse d'Albert, le président du conseil de surveillance de Nico. Le soulagement d'avoir retrouvé et le nom et la fonction la fit sourire, ce que l'autre interpréta comme un signe de rapprochement.

— Lou ! Quelle chance ! Je viens m'asseoir près de toi !

Le regard de la femme glissa sur le chemisier à carreaux, le jean et le verre de bière ; elle commanda de l'eau.

— Tu reviens sûrement de ton travail ? Je t'admire tellement de tenir le coup avec ces enfants insupportables, et, en plus, une matière si difficile, c'est bien le français, une langue magnifique, si on est à la hauteur !

— Les langues anciennes, marmonna-t-elle.

L'autre continuait à parler, on aurait dit qu'une source de bruit avait été amorcée qu'on n'était pas près de pouvoir arrêter.

— Pour moi ce serait un vrai cauchemar de passer mes journées au milieu de ces ados. Trop contente que mes fils aient passé ce cap. Maintenant, ils sont tous les deux à Delft, ils ne font pas grand-chose, je crois, mais ils se donnent du bon temps. Parfois, je me dis que je devrais aussi recommencer à travailler, puis j'ai de nouveau tellement à faire que le projet reste sans suite. Albert est si occupé que beaucoup de choses retombent sur moi. Il est déjà surchargé évidemment par le tribunal, et puis cet hôpital en plus ! La pagaille autour de ce centre de crise, c'est à lui qu'on s'est adressé pour ça ; il doit rencontrer sans cesse la caisse d'assurance maladie ou le comité d'entreprise ou que sais-je encore. Non, je ne retravaillerai plus.

La femme blonde tapota le manche de sa raquette et adressa à Lou un sourire amical. Le maquillage couvrait uniformément sa peau parfaite.

Deux fils à Delft, deux gros garçons ennuyeux qui avaient fréquenté son école, mais peu réceptifs à la civilisation classique, heureusement. Quel métier cette femme aurait-elle exercé ? Elle n'arrivait pas à se l'imaginer.

— Nico est certainement occupé aussi nuit et jour en ce moment, non ? C'est une charge, bien sûr, mais différente de celle d'Albert qui, lui, porte, en fait, l'entière responsabilité politique. Et une décision comme celle-là c'est bien difficile, par les temps qui courent, avec tous ces SDF. Vraiment, je trouve qu'il y a toujours des problèmes dans cet hôpital, ça donne bien des soucis à Albert. Et Hein Bruggink qui prend sa retraite, en plus ! Fêtes, discours d'adieu et la question de la succession, bien sûr. Non, ce serait bien si ça se calmait un peu, nous ne passons plus aucune soirée ensemble à la maison.

Elle enregistra la dernière information avec étonnement. C'était tout Nico, ça, de ne rien dire du départ de son directeur avant de voir clairement comment les choses pourraient se passer. Pas de surprise, et surtout pas d'espoirs dont la réalisation était incertaine. Il appréhendait certainement d'avoir un nouveau patron, ou plusieurs. Un directoire, comme on disait. En soi, comme chef de clinique, tout se passait actuellement selon ses désirs, il définissait la politique au niveau pratique, il avait de nombreux contacts avec ses collègues et voyait encore, de temps en temps, un patient. Il ne voudrait certainement pas changer. Ne pas montrer à cette bonne femme que je n'étais pas au courant. Elle but sa bière sans dire un mot.

— Ton mari a également un poste de responsabilité, poursuivait Ineke en jacassant. Je trouve que les hommes nous ennuient tellement avec ça, toujours ces bavardages quand ils rentrent, réunion par-ci, concertation de politique par-là. Ça nous demande tout bonnement une terrible dose d'énergie, à nous les femmes, je trouve. Tu supportes ça facilement ? Heureusement, vous aussi, vous en avez fini avec les enfants, n'est-ce pas ? Vous aviez bien une fille ? Qui a quitté la maison sûrement ? Elle a un bon travail ?

Faire simplement ce que j'ai expliqué ce matin à ma classe de cinquième* : enregistrer sans virulence et sans malveillance, comme le faisait Tacite. Je vois la bouche rose bouger sur les dents brillantes ; des ailes du nez aux commissures de la lèvre supérieure, deux rides contournent les joues ; les sourcils dessinés glissent vers le haut quand les yeux sont écarquillés. Ni virulence ni malveillance.

Elle saisit son sac, tendit la main à la femme et s'en alla, traversant la place en ligne droite.

Le premier étage était un peu plus petit que le rez-de-chaussée, à cause de la pente du toit de chaume. Cependant, leur chambre avec balcon était très vaste, et la salle de bains à côté n'était pas mal non plus. Elle se pencha au-dessus du lavabo et se regarda dans le miroir. Dans l'embrasure de la porte, elle voyait derrière elle le palier, le début de l'escalier de bois aux marches larges et basses et la porte fermée de la troisième chambre.

Fais-en donc ton bureau, avait dit Nico. Tu as besoin de place pour tes livres, il te faut un endroit calme pour faire tes préparations et

* Classe de première dans le système scolaire français. *(N.d.T.)*

tes corrections. Plus tard, avait-elle répondu. Plus tard. Elle s'aspergea le visage d'eau froide. Redescendue dans le living, elle défit son sac, consulta son agenda et répartit en petits tas les différentes choses qu'elle avait à faire. Ovide avec la quatrième, une leçon de mythologie pour la première*, une liste des prépositions grecques pour la troisième. Elle voulait avoir une vue d'ensemble, des projets modestes à court terme, des tâches qui l'accaparaient. Elle se rendit au jardin et s'assit sur le bord de la terrasse. L'effronterie de cette femme, son indiscrétion ! En fait, elle n'était pas méchante, elle pensait bien faire. C'était stupide de la part d'Albert, jamais il n'aurait dû lui parler du départ du directeur avant l'annonce officielle. Il aurait dû tenir compte de la loquacité de sa femme, après toutes ces années de mariage, il devrait le savoir. Ne nous excitons pas, se dit-elle. De toute façon, les événements qui allaient se dérouler à l'hôpital ne l'intéressaient absolument pas. Cette autre chose que la femme avait dite – de l'inquiétude, une sensation de brûlure à l'estomac, une sourde et indolente lassitude, voilà ce que cette chose-là avait suscité. Elle aimait encore mieux compter les brins d'herbe collés à ses pieds que de poursuivre ses réflexions. Toutes les pensées s'arrêtaient devant la porte fermée, au premier étage, du moins quand Nico était à la maison. Dans des moments pareils à celui-ci, elle pouvait formuler elle-même, avec un certain recul, une idée du style : il y a une fille que nous ne connaissons pas. Nous n'avons plus de nouvelles d'elle depuis plus de six mois et nous ne savons pas où elle est. Sa chambre est vide. Le jour de son anniversaire, je

* Equivalent d'une cinquième française. *(N.d.T.)*

suis restée au lit toute la journée, souffrant de migraines jusqu'à la nausée. Elle avait dix-neuf ans. Nico est allé faire du vélo et il est rentré, épuisé, avec une plaie à la jambe. Chute. Vélo démoli.

Elle sentit d'autres pensées repousser la principale. Ce qu'il fallait manger ce soir, combien de semaines il restait avant les vacances de Pâques, si elle avait bien étendu le linge, ce qu'elle allait faire de ce fichu morceau de jardin, près des pins. Qu'elle devrait engager un jardinier pour l'aider à traiter ce sol désespérant.

Pendant la conversation avec la femme, elle avait été un moment tentée de tout raconter. Une fille, oui, elle s'appelle Maj, du nom de ma mère, originaire de Suède. Une jeune fille farouche, tendue, avec une ride au front et une lueur d'angoisse dans les yeux. Elle est partie juste avant son bac. Mon mari ne veut pas parler d'elle. Nous faisons comme si elle n'existait pas, mais elle est bel et bien là, elle est là tout le temps.

On dit qu'on supporte mieux les malheurs quand on en parle, mais hélas nous n'en avons pas l'expérience.

Le visage rond et lisse de la femme l'avait effrayée. Même si elle l'avait vraiment voulu, elle n'aurait pas pu placer un mot. Peut-être. Je dois partir, avait-elle dit lorsqu'elle put desserrer les lèvres, je me rappelle tout à coup que j'ai un rendez-vous.

— J'ai vu la femme d'Albert en ville. D'abord je ne savais pas qui c'était. Elle joue au tennis avec Aleid Bruggink. Elle s'appelle Ineke, je m'en suis heureusement souvenue juste à temps.

Nico leva les yeux de son journal.

— Vous vous êtes parlé ?

— Elle est intarissable, il a bien fallu. Mais je n'ai rien eu à dire, c'est elle qui a bavardé. Elle est venue s'asseoir près de moi à une terrasse !

— Et ?

— Elle a dit que Hein Bruggink prend sa retraite. Cela m'a étonnée, il vient juste d'avoir soixante ans, non ?

Nico replia le journal.

— Ils veulent vivre en France, dans cette maison où nous sommes toujours les bienvenus mais où nous n'allons jamais. Il y a déjà un certain temps qu'il y pense. Je crois qu'à l'hôpital, il a plus ou moins atteint les objectifs qu'il s'était fixés. C'est calme pour le moment, sauf en ce qui concerne le centre de crise. Il n'a certainement plus envie d'entamer de nouvelles négociations à propos d'économies. Hein veut toujours faire du bénéfice.

C'est maintenant que je devrais le dire, pensa-t-elle. Une remarque sur leurs fils, ces deux gros garçons qui étudient à Delft, et le souvenir de Maj que ça m'a rappelé. Est-ce que nous ne devrions pas engager un détective privé, mettre des annonces dans le journal, refaire le tour de ses amis ?

— Tu en fais une tête, dit Nico.

Il la tira de sa chaise et la serra contre lui. Elle sentit le poids des bras de l'homme, le souffle de sa respiration dans ses cheveux. Comme s'il me consolait, se dit-elle, comme s'il savait ce que je pense et me soutenait. Il n'en a pas la moindre idée, il ne me réconforte pas non plus et pourtant je le ressens de cette façon, parce que je le veux. Si je ne le faisais pas, il ne me resterait absolument plus rien du tout.

Ils gagnèrent la ville à vélo pour aller dîner sur la place. Là où les dunes cédaient aux prairies, une lumière violette éclairait la campagne. Dans les faubourgs, des enfants jouaient dehors ; un garçon serra sa balle des deux mains sous son menton à leur approche, stoppé net dans son mouvement, retenant le temps, un moment, jusqu'à ce qu'ils soient passés.

Il faisait trop froid pour s'asseoir à l'extérieur, mais l'espace de la place semblait donner à la salle plus de style et d'ampleur. Ils choquèrent leurs verres de vin blanc frais. Nico fit signe à un homme grave, aux cheveux soigneusement peignés, qui répondit au salut d'un cérémonieux signe de tête.

— Te Velde, du service comptable. Qu'est-ce qu'il fait ici tout seul ? Il attend peut-être quelqu'un.

Sa fille, pensa-t-elle, lorsqu'une adolescente maigre portant une boîte à violon sur le dos s'engagea dans la porte à tambour et promena son regard à travers la salle à la recherche de quelqu'un. Nico parlait de l'hôpital, des exigences du bureau de soins, des entraves mises par le ministère, de la nécessité de faire sa propre recherche, du contrôle de qualité, des soins à la carte, des programmes de rééducation.

Elle avait des difficultés à se concentrer sur ses paroles. Comment fallait-il les interpréter ? Ces notions lui semblaient abstraites et vagues. Pour lui, c'était différent, son visage s'empourprait et il parlait avec enthousiasme.

Autrefois, quand il était assistant, il arrivait à la passionner avec ses histoires psychiatriques de personnes aux comportements bizarres et aux idées étranges. La grande affaire à l'époque c'était de comprendre ce qui se passait dans la tête d'un patient. Elle avait toujours été émue de voir un groupe d'étudiants et d'assistants, assis en cercle autour du professeur, essayer de découvrir, à l'aide de leurs propres associations, la signification des cris de désespoir soigneusement consignés dans les dossiers. Nico détestait cela. C'était plus fort que lui. Son examen de psychiatrie avait été un désastre. Le professeur, un homme un rien efféminé aux allures d'artiste, renversé sur sa chaise, les yeux mi-clos, avait posé sur la table devant Nico une bouteille à lait contenant une rose.

— Parlez-moi de cette rose, monsieur Desbrogé. Je vous écoute.

Nico n'avait su que dire. Son esprit s'était complètement bloqué, même sa circulation sanguine semblait s'être arrêtée, plus rien ne bougeait en lui. Le professeur avait eu un sourire ironique.

— De nombreux écrivains et poètes vous ont précédé, monsieur Desbrogé. Avec votre connaissance de l'âme, vous avez sûrement quelque chose à ajouter à leurs considérations.

Silence. Perles de sueur sur son front. Tétanie.

— Si vous ne pouvez rien dire au sujet de cette simple fleur, qui présente une ambivalence si nettement visible avec ses épines pointues et ses pétales de velours, si vous ne pouvez formuler aucune idée sur le cœur enfoui et la tige assoiffée, comment pourrais-je donc vous confier mes malades ? Un patient de psychiatrie est beaucoup plus compliqué que cette rose, monsieur Desbrogé. Nous nous reverrons dans trois mois. D'ici là, essayez de réfléchir un peu.

Il était furieux, c'était en bégayant de rage qu'il lui en avait fait le récit, fou d'indignation. Une humiliation, avait-elle pensé. Il avait été ridiculisé, raillé, désarmé. Avant l'expiration du délai de repêchage, le professeur était tombé malade. Nico repassa brillamment l'examen avec son remplaçant, un spécialiste de la thérapie directive et des techniques de structuration.

Pourtant, elle se disait parfois qu'il avait raison, ce maître poétique. Il était probablement plus bénéfique à un patient atteint d'une maladie mentale de s'entretenir avec quelqu'un qui tentait de reconstituer son histoire que de se voir imposer un schéma de règles. Celui qui était dans le désarroi ne se comprenait pas lui-même ; il était donc bon que d'autres fissent de leur mieux pour lui apporter cette compréhension. Si le médecin n'osait scruter la personnalité de son patient, comment celui-ci arriverait-il jamais à oser se regarder lui-même ? Quelle était l'ampleur du désastre subi par le malade à qui l'on remettait une liste d'exercices de comportement avec le message implicite de l'indifférence des soignants à l'égard de son état et des raisons qui l'avaient amené là ? Aujourd'hui encore, elle pensait, tout comme alors, que le malade devrait être observé comme la rose, avec étonnement, avec bienveillance, avec compréhension. Mais qu'en savait-elle ? Ce n'était pas son métier. Nico parlait de chaos qu'il fallait réduire, de règles et de conventions claires, de récompense pour ceux qui s'adaptent et de sanction pour les contrevenants. Et de l'influence corrective du groupe. La recherche nébuleuse de la signification n'améliorait pas l'état du patient vraiment malade ; il ne fallait pas regarder un paranoïaque droit dans les yeux, car il ne s'en trouvait que plus mal ; devant des propos étranges, il ne fallait pas poser de questions mais les annihiler en les ignorant.

Elle regarda l'homme assis en face d'elle. Son assiette était vide, mais il tenait toujours en joue couteau et fourchette comme des outils lui permettant d'affronter la réalité. Elle rit. Il posa la fourchette et lui prit la main.

— J'ai pris une décision, dit-il.

Elle le regarda avec étonnement, pensant malgré elle qu'il avait enfin résolu de rechercher leur fille ou de résoudre leur propre énigme familiale avec la même énergie attentive qu'il accordait à l'hôpital ; et en s'octroyant une pause par la même occasion. Ça ne lui ressemblait pas.

— Je vais succéder à Hein. Je vais être directeur.

II

Lorsqu'il avait été promu chef de clinique, on lui avait donné un bureau dans le bâtiment principal. C'était pratique, parce que tout le monde pouvait l'y trouver et qu'il était au cœur du centre de décision et d'administration, mais le bruit de fond d'un service, les voix un peu trop fortes et joviales des infirmiers, les patients traînant les pieds dans le couloir lui manquaient. Il lui avait fallu quitter tout cela pour remarquer qu'il y était manifestement attaché – ou craignait-il simplement de ne plus exercer son véritable métier ? Pourtant, il n'avait pas vraiment trouvé son bonheur dans les discussions pratiquement quotidiennes entre les psychiatres et le personnel soignant ni dans la pénible tâche de créer un climat plus ou moins rassurant et agréable dans un département qui devait accueillir sans cesse de nouvelles personnes sérieusement perturbées. A chaque crise, il revivait. La décision d'isoler un patient ou de lui administrer un calmant, d'adresser une réprimande à un assistant ou de déplacer une infirmière ne lui causait aucune difficulté ; au contraire, il aimait jauger le chaos d'un coup d'œil rapide, prendre une décision et l'exécuter avec énergie. La recherche ultérieure d'un nouvel équilibre lui paraissait monotone et fastidieuse. Il trouvait ce processus trop long, chacun devait prendre la parole pour exprimer ses objections et ses griefs, de sorte que les décisions étaient affadies ou annulées.

L'offre de promotion l'avait surpris et il n'y avait pas réfléchi longtemps. Il était partant !

Désormais, c'était lui qui décidait des médications préférentielles et des protocoles de traitement, qui tranchait quand les autres ne s'en sortaient pas et faisait prendre à l'imposant navire qu'était l'hôpital le cap qu'il avait lui-même choisi, dans les limites économiques fixées par Bruggink, certes, mais quand même.

Il posa son sac sur son bureau et ressortit immédiatement du bâtiment. Le complexe ressemblait à un village endormi à l'aspect très rural. Les chemins étaient bordés de grands arbres et les constructions étaient tapies dans la verdure. Dans les allées, un homme marchait avec des papiers sous le bras, une voiturette chargée d'outils de jardinage pétaradait, un petit groupe de patients traînaient les pieds. Tout le monde le saluait. Un train passa dans le lointain. Entre la voie ferrée et le terrain de l'hôpital se dressait une clôture d'un mètre de haut. C'était là, à la limite extrême du domaine, que s'élevait le pavillon vers lequel il se dirigeait.

Dans son esprit à lui, c'était encore "le département chronique", mais, dans la terminologie actuelle, on l'appelait euphémiquement "pavillon de séjour", un terme débarrassé de cette dimension interminable, désespérée – après tout on pouvait séjourner quelque part sans que ce fût pour toujours. Dans la pratique, le caractère définitif était bel et bien présent, car la plupart des personnes qui y étaient admises n'en sortaient plus jamais. Au cours des années, la durée d'hospitalisation dans les départements de soins intensifs avait sans cesse raccourci, il y régnait une ambiance de dynamisme, d'objectifs et de planification, et le patient qui ne pouvait suivre devenait chronique. Ainsi l'hôpital s'engorgeait-il progressivement, créant un problème qui requérait son attention.

Il ouvrit la porte de l'antique bâtiment délabré avec sa clé personnelle. Une odeur de tabac brun et de café réchauffé l'accueillit. Un air d'accordéon résonnait dans la salle de séjour. Un infirmier, colosse en chemisette, poussait quelques patients du couloir dans la pièce. Nico jeta un regard dans un dortoir : draps qu'on secoue, amas de linge sale sur le sol, une fenêtre ouverte donnant sur la clôture ; les deux lits les plus éloignés étaient encore occupés. Dans la salle de séjour, des patients à la mine fripée étaient assis autour de la table devant des tasses de café. On laissait tomber du tabac, des cendres, des miettes de gâteaux secs. Une femme dormait la tête posée sur ses bras croisés. Une odeur rance planait dans l'air. Chargé d'une pile de dossiers, il alla s'asseoir dans le petit bureau. La fenêtre intérieure lui donnait une vue d'ensemble de la salle de séjour, où une jeune fille suspendait des guirlandes. Elle serrait entre ses lèvres une petite rangée de punaises qui lui faisaient une bouche rigide de métal. Aux quatre coins de la pièce, elle monta sur une chaise et fixa la corde garnie de petits drapeaux colorés contre la moulure, contractant, un instant, ses muscles fessiers.

Il entendit l'infirmier crier dans le dortoir :

— Debout, c'est la troisième fois que je vous le dis ! On va vous tirer du lit, hein, c'est l'anniversaire de Mme Van Overeem !

Il vit sur la table, devant la femme endormie, une boîte de carton contenant des millefeuilles.

Un garçon allait et venait craintivement le long du mur du fond, en jetant constamment des regards furtifs sur les gâteaux.

— Toi aussi, viens t'asseoir, Johan, dit l'infirmier, c'est la fête, tout le monde doit passer à table.

Il traîna vers celle-ci un homme âgé, à la bouche tombante, assis dans un fauteuil roulant. Le vieillard, qui tenait un bout de cigare, demanda du feu.

— Avec le café, cria l'infirmier. Quand tout le monde sera enfin assis, j'irai te chercher des allumettes. Johan, viens !

Le jeune homme fit trois pas en direction de la table, saisit la théière de métal dans laquelle se trouvaient des tulipes et la jeta violemment par la fenêtre. Il fut instantanément agrippé et conduit dans le couloir par l'homme aux bras nus et une femme accourue aussitôt.

— De nouveau au numéro deux ? demanda-t-elle, haletante.

Les cellules d'isolement se trouvaient au bout du couloir. Penché sur ses dossiers, Nico entendait le remorquage musclé, accompagné des cris stridents du jeune homme.

Dans la salle de séjour, la jeune fille ramassa les éclats de verre à l'aide d'une balayette et d'une petite pelle. Quel chaos, vraiment, pensa-t-il. Dans l'oriel, il y avait des chaises cassées, des plantes mortes dans leurs pots déglingués, des piles effondrées de vieilles revues et des boîtes de puzzles en désordre traînaient sur l'appui de fenêtre.

Les patients étaient restés à table. Certains balançaient le haut du corps ; d'autres regardaient fixement devant eux.

— Et le café ? cria la femme affalée sur la table, sans lever la tête. Le café, le café, le café !!!

L'homme aux bras nus et sa collègue réapparurent dans la pièce. Des bruits de coups violents parvenaient de la cellule d'isolement.

Quel merdier, quel milieu désespérant. Des dortoirs puants, partout du bruit, des bagarres, un espace restreint, et bourré de vieilleries déglinguées en plus. Mais le pire était peut-être la totale apathie des pensionnaires. Leur vie, c'était ça, et eux, hormis le garçon enfermé, ils l'acceptaient.

La jeune fille disposa les millefeuilles sur de petites assiettes de carton. Une femme pressa lentement l'une contre l'autre les couches supérieure et inférieure rigides du gâteau, l'épaisse crème jaunâtre coula sur ses genoux. Une infirmière se précipita vers elle, prit une profonde inspiration et aperçut Nico assis dans le petit bureau. Elle expira l'air de ses poumons, comme si elle se vidait et s'affaissait. A l'aide d'un torchon, elle essuya la gadoue.

L'homme aux bras nus vint demander à Nico s'il voulait aussi du café. Celui-ci déclina l'offre.

— Est-ce qu'un psychiatre ne devrait pas aller voir le garçon isolé ? demanda-t-il

— Le psy est malade, dit l'homme, pas de remplaçant. Nous nous en sortons tout seuls, nous avons suffisamment d'expérience ici. Mais vous voulez peut-être y aller voir vous-même ? Ce n'est pas une bonne idée, il ne vous connaît pas. Vous ne voulez pas de millefeuille non plus ?

Dans la véranda, la jeune fille se mit à chanter : "Longue vie à elle, joyeux anniversaire." Personne ne l'accompagna.

— Hip hip hip ! hourra ! conclut-elle à voix basse. Elle rougit très fort.

Finalement, le calme était revenu autour de la table. Les patients recevaient la becquée ou mangeaient seuls les parts de gâteau découpées en petits carrés. La femme qui dormait leva la tête et vit Nico dans le petit bureau.

— Alléluia ! Le docteur des projets est venu ! Amen ! cria-t-elle sur un ton chantant. Elle s'écroula, le visage dans le gâteau, et étendit les bras sur la table.

— Quelle drôle d'odeur, dit la jeune fille, on dirait que ça brûle ; il y a quelque chose sur le feu, Erik ?

L'homme aux bras nus fit signe que non et se mit à inspecter minutieusement la pièce. Maintenant, Nico la sentait aussi, c'était une affreuse odeur de brûlé avec des relents synthétiques. En fait, c'est tout ce bazar qui devrait partir en flammes, pensa-t-il. On serait soulagé, l'assurance paierait, on ferait du neuf.

Erik revint de la cuisine en secouant la tête, les narines dilatées et les yeux mi-clos, suivant l'odeur à la trace. Il désigna le fauteuil roulant, à moitié tourné vers l'oriel, d'où montait une petite volute de fumée d'un jaune sale. Il tendit inutilement la main vers la table où avait trôné la théière aux fleurs et se jeta sur le fauteuil roulant. La jeune fille, qui avait couru à la cuisine, revint avec une bouteille de lait qu'elle vida sur les genoux de l'infirme. Le visage de l'homme ne laissait rien paraître. Il était assis. Il regardait. Il se taisait. Erik le tourna à moitié sur le côté et retira un demi-cigare de la poche de son pantalon. Il enleva prudemment des cuisses les lambeaux de tissu brûlés et découvrit une cloque cramoisie. Pour le réconforter, la jeune fille caressa la tête du vieil homme, dont le regard restait imperturbablement fixé devant lui.

Nico se leva, rangea les dossiers et sortit à grands pas du pavillon.

*

Des bribes de chant parvenaient de l'église située au milieu du terrain. Il y entra machinalement. Il se sentait irrité, impatient, fébrile. Sa marche sur les chemins sablonneux l'avait mis en nage, à présent le froid de l'église s'abattait sur sa peau moite. Il s'appuya au mur à côté de la porte d'entrée et tourna le regard vers la pénombre. Ici aussi, il y avait un énorme désordre : bancs d'église empilés, balais jetés dans un coin, seaux, serpillières, un rayonnage couvert de tambours et de triangles, armoires à partitions ouvertes, livres de psaumes flanqués par terre.

Au milieu de la salle, sous la lucarne du toit qui filtrait le soleil en rayons de poussière, se tenait le chœur de l'hôpital, un groupe pitoyable de vingt personnes, composé pour moitié de patients et complété par des membres du personnel. Le chef, un homme massif à la tête bouclée, tenait une flûte à bec dans la main gauche et portait un tambour fixé à la taille par une courroie. Il faisait de grands gestes des bras et sautillait sur les temps forts.

Quel amateurisme, quelle joie déplacée, quelle cuisante pauvreté, pensa Nico. Du chant choral. Et ces gestionnaires de soins et ces infirmières y participent aussi. Il aperçut même, au dernier rang, une psychiatre, une femme austère aux grandes mains. Ils renoncent à leur pause repas pour venir ici respirer de la poussière – incroyable.

Dégoûté, il s'apprêtait à ressortir mais s'arrêta quand le chœur entama un nouveau chant : "Je dis adieu, nous deux, nous devons nous séparer..."

La claire tessiture de baryton du chef dominait les voix hésitantes du chœur. Un chant d'adieu pour Bruggink évidemment. La mélodie pure aux tristes accents récurrents le retint.

Le chant plaintif, porté d'abord par les membres du personnel, mais repris de plus en plus fort par l'ensemble du chœur accompagné par le battement sourd du tambour, vibrait dans tout son corps.

Nous sommes tous prisonniers des limites de ce terrain, se dit-il, enfermés dans le réseau d'accords que nous avons passés sur la maladie et la guérison ; les illusions dont nous sommes dépendants, nous les connaissons à peine, nous sommes totalement impuissants, mais nous nous écroulerons si nous en prenons conscience – tant les soigneurs que les soignés. Leurs voix tournoient les unes autour des autres, ils chantent des mots : joie et peine, adieu, séparation, je serai toujours avec vous.

Ses pensées le troublaient. Il redressa le dos, secoua la tête et se concentra sur le contact de ses pieds avec le sol. L'impuissance est un sentiment inutile qui paralyse et décourage. Qu'elle aille au diable, de l'action !

Sur le perron, il rencontra la jeune fille tenant une vieille dame par le bras. Il lui tint la porte et huma, à son passage, un étrange parfum sauvage qui le surprit.

— Comment va M. Van Raai ? demanda-t-il lorsqu'elle fut presque entrée.

Elle se retourna, la chevelure blonde glissa de ses épaules, elle avait les yeux gris.

— Il a été emmené à l'hôpital en ambulance. C'était beaucoup plus grave que nous ne le pensions. Il semblait n'éprouver aucune douleur. Je ne comprends pas.

— Il y a longtemps que tu travailles ici ?

— Deux semaines. Je fais un remplacement. Etudiante. Eva Passier.

— Nico Desbrogé. Il serra la main sèche et froide qu'elle lui tendait.

C'est idiot de laisser une enfant se débrouiller dans ce département, quel âge peut-elle bien avoir ?

"Je dis adieu, nous deux, nous devons nous séparer…", chantait le chœur. Eva prit la dame par le bras et l'entraîna à l'intérieur.

*

L'adieu à Hein Bruggink dura des semaines. Il y eut une réception monstre pour le personnel, un dîner avec le conseil de surveillance, une grande fête pour tous les patients et une conférence de deux jours sur la psychiatrie et l'architecture pour les psychiatres et les gestionnaires. Nico ne se sentait pas la patience d'écouter les exposés, il pouvait bien imaginer lui-même que la forme des bâtiments avait de l'influence sur la nature du traitement. Ou l'inverse. Il décida de ne paraître qu'au dîner. L'après-midi, seul psychiatre dans tout l'hôpital, il se sentit capitaine et roi. Il allait d'un service à l'autre ; le calme régnait à peu près partout, ce qui lui donnait l'occasion de réfléchir à ses projets. Dans sa tête, il fusionnait des pavillons, licenciait des travailleurs incompétents et concevait des protocoles de traitement pour des patients réputés inguérissables. Nouvelles priorités : trancher résolument dans la chair gangrenée, faire des choix et ne pas regarder en arrière. Ses rêves le plongeaient dans un état d'exaltation et lorsque, dans l'après-midi, il vit Eva assise sur un banc, sous un arbre, il se planta devant elle pour lui faire part de ses préoccupations.

— Ces gens dont vous vous occupez n'ont plus assumé la responsabilité de leur propre existence depuis vingt ou trente ans. C'est vous qui déterminez leur emploi du temps, qui décidez ce qu'ils mangent et quand et où. Ils n'ont plus aucune obligation, ils ne doivent même plus désirer quoi que ce soit !

Les baskets, au bout de ses jambes pendantes, creusaient deux sillons dans le sable. Le soleil éclairait sa nuque inclinée.

— C'est vrai, dit-elle, levant les yeux. Ce matin, j'ai demandé à M. Van Raai s'il préférait s'asseoir dans la véranda ou à table. Il ne savait pas. Erik a dit : A table.

— Des choix ! cria Nico. Faire des choix signifie prendre ses responsabilités, construire sa propre existence, être quelqu'un !

Elle avait des chevilles parfaites. Bronzé et nu, le cou-de-pied disparaissait dans sa chaussure.

Il poursuivit son chemin. Il allait supprimer la communauté thérapeutique, la CT comme on disait ici, c'était un vestige périmé des années soixante-dix, une entreprise hors de prix où des patients raisonnablement bien intégrés passaient des mois à fouiller leur âme sous la conduite de thérapeutes bardés de diplômes. Il consacrerait l'argent ainsi libéré aux cas les plus désespérés parmi ceux qu'il avait sous sa garde. Dès que Hein serait parti.

L'hôtel où se tenait la conférence se trouvait au bord de la mer. Le soleil rougeoya dans ses yeux lorsqu'il vira pour s'insérer dans une place libre du parking. Il se sentait fatigué et resta assis quelques instants, les mains sur les genoux. Tout à coup, il lui sembla inconcevable de se joindre joyeusement à ses collègues, d'entendre la énième allocution d'adieu adressée à Bruggink, de subir les airs pontifiants des administrateurs. Un poids mort lestait ses chaussures quand il descendit de voiture. Pris d'une impulsion subite, il dévala en courant l'escalier qui menait à la plage. Sur le sable, il ôta ses chaussures et ses chaussettes. Il retroussa les jambes de son pantalon et se mit à galoper le long de la mer. Tout d'abord, il se sentit encombré par le portefeuille et les clés de voiture qui se trouvaient dans les poches de sa veste, mais il les chassa bien vite de son esprit. Ses pieds nus clapotaient sur le sable mouillé et le contournement des méduses et des débris de verre échoués requérait toute son attention. Il s'imposa un rythme à la limite de sa résistance et se soumit à la cadence qu'il s'était lui-même fixée.

Attendre. Parler à Albert. Présenter son projet au cours d'une réunion du conseil de surveillance. S'asseoir à l'extrémité de la table. Expliquer qu'il ne pouvait fonctionner dans un triumvirat à la mode ni, pire encore, dans un directoire composé de deux personnes. Il voulait être le seul responsable et devait donc devenir le seul directeur. En plus, c'était moins coûteux. Avec une bonne équipe sous ses ordres, évidemment. Mener le train. Entraîner derrière soi tout l'établissement. Une aventure pour le personnel et les patients. Prendre les commandes. Concentration.

Un chien dansait au bord de l'eau. Un enfant lançait et relançait un morceau de bois dans le ressac et l'animal se jetait dans la mer à sa poursuite, plongeait, aboyait, s'ébrouait, s'effrayait devant le déferlement des vagues, mais continuait à chercher jusqu'à ce qu'il réussît à rapporter son butin sur la plage. L'enfant s'agenouillait et ouvrait les bras.

Une fillette, constata-t-il, de neuf ou dix ans. Elle serra le chien mouillé contre elle, se leva et fit tourner le bout de bois au-dessus de sa tête. Le chien se dressait sur ses pattes arrière en aboyant.

Il sentit un point de côté et, au même moment, marcha sur le bord tranchant d'un coquillage. Il s'arrêta en jurant, remarquant pour la première fois que le sable était froid et la mer mouillée. Il se retourna et aperçut l'hôtel dans le lointain. Les fenêtres étaient déjà éclairées. Il se dirigea vers les lumières d'un pas tranquille. Il eut du mal à mettre ses chaussettes sur ses pieds humides. Le sable. Il s'était niché haut dans les jambes de son pantalon, collait à ses cheveux et lui piquait les yeux. Il monta l'escalier en s'appuyant à la rampe, conscient de l'humidité des revers de son pantalon. Le portier le suivit des yeux tandis qu'il foulait le sol de marbre pour gagner le foyer.

De la grande salle parvenait un murmure ininterrompu de conversations. Nico s'arrêta à l'entrée et promena son regard sur ses collègues, réunis en petits groupes, qui buvaient, plaisantaient et riaient. Il aperçut, çà et là, stratégiquement répartis, des membres du conseil de surveillance et, dans le coin le plus reculé, près de la grande fenêtre donnant sur la mer, Hein Bruggink assis, un cigare à la main.

C'était un "régent", un marchand d'un autre âge, une sorte de super-commerçant. Sous sa conduite, l'hôpital avait trouvé la santé économique ; il avait consacré son énergie au développement de services et de produits qu'il vendait à l'extérieur, en général avec succès. Dans la cuisine de son institution, on préparait des repas qui étaient livrés loin aux alentours, sa laverie desservait la moitié de la ville et, dans les établissements de soins de la région, on achetait abondamment sa compétence psychiatrique.

Il faudrait mettre fin à cela, se dit Nico avec une lucidité soudaine. Nous devons redevenir un hôpital. Sous ma direction. Finies les tractations, vive les traitements.

Il entra dans la salle, serra des mains, accepta un verre, fit un brin de causette avec l'un ou l'autre. Il se voyait lui-même louvoyer dans la pièce. Chemin faisant, il observait avec une grande lucidité sa progression parmi les différents groupes. Il se trouvait amical, il accordait à Hein sa dernière nuit de triomphe, il savait comment il ferait passer son propre projet.

L'attitude autoritaire et dénuée d'empathie de Hein l'avait paradoxalement rendu populaire auprès de toutes les catégories de personnel. Les gens le considéraient comme un père sévère, tout occupé à gagner, hors de la maison, les revenus de la famille. Son départ les peinait et les inquiétait légèrement. Pendant le dîner, les gens se relayaient à la table d'honneur entre chaque plat ; les groupes se renouvelaient sans cesse auprès de Bruggink. Nico se tenait à l'écart et observait. Les psychiatres chantèrent une chanson, les administrateurs prononcèrent des allocutions, enfin Hein lui-même prit la parole : jovial, affable, maître de lui. Autrefois, à la clôture de chaque conférence de travail, il racontait toujours la même blague. On la lui redemandait chaque année, l'annonçant aux nouveaux collègues comme une attraction de choix. Nico s'était bien souvent énervé en voyant Hein circuler de table en table pour mimer sa plaisanterie compliquée et plutôt éculée. C'étaient vraiment des enfants qu'il fallait bercer en répétant toujours la même histoire. Et Hein qui se prêtait à ce jeu, s'en glorifiait, y trouvait du plaisir ! Répugnant.

Ce soir aussi, la rumeur s'enflait : La blague ! Pour la dernière fois, la blague !

Il alla aux toilettes, et tomba sur Bruggink qui, debout près du lavabo, déchirait, quelque peu subrepticement, des mouchoirs de papier. Nico leva les sourcils d'un air interrogateur.

— Il faut leur donner satisfaction dans les petites choses, et n'en faire qu'à sa tête dans les grandes, dit Hein. Il tapota ses poches et partit.

De retour dans la salle, Nico constata que tous formaient un grand cercle autour de la table de Bruggink ; il y régnait un silence tendu d'où émergea soudain la voix grave de Hein. Les gens, autour de lui, semblaient émus, touchés ; il vit quelques femmes se frotter les yeux, un homme serrait les poings, bras tendus le long du corps.

Il s'arrêta à bonne distance pour observer la scène. Il n'entendait pas les paroles, mais voyait remuer les lèvres de Hein et les auditeurs rire de temps en temps, pour reprendre aussitôt leur attitude attentive. Cela dura une éternité. Bruggink dissimula de sa main un toussotement affecté. Les auditeurs se poussèrent les uns les autres, ceux des dernières rangées se hissèrent sur la pointe des pieds. Dans un ultime spasme, Bruggink cracha une nuée de petits papiers blancs qui retombèrent en flocons de neige sur la nappe.

Il y eut un éclat de rire. Certains pleuraient. Bruggink se leva et sortit de la salle en passant devant Nico.

— Tu la connaissais déjà, bien sûr ? Retiens-la bien, ce sera ton tour l'année prochaine.

Jamais, pensa-t-il. Ça aussi ça va changer. Je veux des adultes, des travailleurs raisonnables, pas des enfants qu'il faut leurrer et amadouer en leur racontant des histoires. Chacun doit savoir à quoi s'en tenir, moi y compris. Un instant, il vit, devant lui, un lit étroit, sentit le bord lui couper les cuisses, il bordait l'enfant, s'entendait prononcer des paroles réconfortantes, tout va bien, dors bien, demain tout sera comme aujourd'hui et ça continuera toujours ainsi.

Il se tourna brusquement vers le bar et commanda un whisky.

III

Le samedi et le dimanche étaient les jours les plus difficiles. En l'absence de la rassurante grille horaire des cours, elle devait se forcer à remplir elle-même les heures d'occupations qui exigeaient toute son attention. Comme ce serait bien si elle aimait le sport. S'entraîner, faire de la gymnastique, du tennis avec une femme comme Aleid Bruggink, aux cuisses fermes et à la coiffure au carré, de longues, toujours plus longues balades à vélo comme Nico ; penser aux muscles abdominaux, à la position du dos et des épaules, à l'angle de la cuisse et de la jambe. Ça ne lui disait rien, elle avait toujours détesté le sport et ne pensait pas pouvoir y changer quoi que ce soit. La seule chose qu'elle aimait était la marche, mais alors les pensées vagabondaient et ce n'était pas le but recherché.

Le jardin. Le printemps approchait. Elle devait affronter le combat contre la salinité du sol sablonneux. Le potager était son arène, le sable, son ennemi, la bêche, son épée.

Nico était parti en douce alors qu'elle dormait encore. Généralement, il allait faire un tour à l'hôpital le samedi aussi, à vélo, en jean et anorak. Combien de temps allons-nous tenir, se demanda-t-elle, assise sur le bord du lit. Elle se pencha loin en avant la tête entre ses genoux.

Recommencer, chaque jour, à essayer de ne pas penser. Ignorer de toutes ses forces le chœur muet qui, dans sa tête, braillait : "Au secours", qui scandait continuellement : "Si je pouvais être morte." Restreindre efficacement les heures libres de la journée en travaillant, en répondant au courrier, en tenant le ménage, en taillant les buissons. Et tout cela en silence, séparés l'un de l'autre, seuls. Lui chassait les heures à coups de pédale sur son vélo de course, elle les enfonçait à coups de bêche dans le sol.

L'herbe était encore couverte de rosée. Au fond du jardin, près de la clôture longeant le sentier qui menait aux dunes, le soleil desséchait les misérables plantes et buissons, une brume à peine visible flottait au-dessus des feuilles. L'aménagement du potager était une entreprise qui la mettrait en sécurité pour des semaines.

Elle se dirigea avec lenteur vers la remise pour y prendre les gants, la binette et la bêche. Elle voulait déterrer toutes les plantes à moitié mortes et fit un tas de déchets, un bûcher à côté de la remise. Elle donnait un coup de pelle dans la terre autour de la plante ; agenouillée, elle tordait les racines pour les arracher. Elle noua un mouchoir autour de ses cheveux qui lui tombaient toujours dans la figure. Les muscles de son dos étaient tendus à l'extrême et douloureux. Continuer, voilà le but, hors ce combat, plus rien n'existait.

— Pas facile, hein, de faire pousser quelque chose dans ce sable !

Elle leva les yeux ; elle ne l'avait pas entendu arriver mais sa mémoire immédiate lui rappela que les coquillages de la piste cyclable avait crissé. Un jeune homme assis sur son vélo se tenait d'une main à la clôture et prenait appui d'un pied sur le sol. Sur son porte-bagages, il transportait un grand sac de terreau et à son guidon étaient suspendues des poches de plastique portant le logo du Garden Center.

— Wessel Ten Cate. J'ai fréquenté votre école. Très peu de temps seulement, vous savez. C'est de là que je vous connais.

Une vingtaine d'années, se dit-elle, un visage anguleux, un regard fuyant. Ce garçon serait-il timide ? Mais alors, pourquoi m'adresse-t-il la parole ? Je ne me rappelle pas l'avoir jamais vu, mais cela ne veut rien dire, les élèves retiennent mieux l'image des professeurs que ceux-ci ne se souviennent d'eux. Elle se redressa. Ensemble, ils examinèrent l'étendue des dégâts. Elle expliqua ce qu'elle avait l'intention de faire : des poireaux, de la laitue, des fèves, des groseilliers à maquereau, une plate-bande de fraises.

— Je peux vous aider, si vous voulez, dit-il. Mais seulement pendant le week-end. Il y a beaucoup à creuser.

Moi qui voulais tellement avoir un jardinier ! pensa-t-elle. C'est bien la preuve que la plupart des problèmes se résolvent tout seuls. Je veux un jeune terrassier, et le voilà. Elle sourit. Aussitôt, le visage du jeune homme s'éclaira d'un large sourire. Il posa son vélo contre la clôture qu'il franchit d'un saut et atterrit pieds joints dans le sable amoncelé. Il tendit la main, elle se présenta.

— Vous êtes la mère de Maj ?

Elle acquiesça d'un signe de tête, se retourna et le précéda jusqu'à la remise, parlant rapidement par-dessus son épaule : il devait enfiler une salopette, elle pendait là-derrière à un clou ; où étaient les seaux, le raccordement du tuyau d'arrosage, le sécateur, les plantoirs, la ficelle, le compost, les semences de graminées, les pots de fleurs, il boirait bien quelque chose sans doute, creuser donne soif, par ce beau temps, le soleil était déjà très chaud dans cette partie du jardin…

— Est-ce que nous ne devrions pas d'abord faire un plan ? demanda-t-il. Je dois être certain de réaliser ce que vous désirez.

— Evidemment, dit-elle, arrêtée soudain dans son élan, quelle bonne idée. Nous allons tout dessiner.

Il s'était assis sur la terrasse, à la table de jardin, un bloc-notes devant lui. Lorsqu'elle posa le café, il avait déjà fait un croquis.

— Pour chaque plante, il faut savoir à quelle profondeur elle s'enracine et quel sol il lui faut. Un sol artificiel, parce que, dans le sable, il ne pousse pas grand-chose.

— Wessel, dit-elle. C'est bien Wessel ? Tu la connais bien, Maj, tu l'as vue récemment ? Je te demande ça parce que, depuis un certain temps, nous n'avons plus aucun contact avec elle et que nous sommes inquiets. Tu sais où elle est ?

Il hachura au crayon le morceau de terrain planté de pins et parla sans la regarder.

— Au lycée, je sortais de temps en temps avec elle. Elle était assez spéciale. Plus tard, il m'est arrivé de la revoir, en ville par exemple. Mais la dernière fois ? Je ne pourrais pas vous dire, les dates et moi vous savez.

— Tu voudrais bien me prévenir, la prochaine fois que tu la rencontreras ?

Le garçon acquiesça ; il soulignait de noir les clôtures qui entouraient le jardin et commençait à colorier l'allée.

Plus tard, elle observa son dos, courbé sur la bêche. Il avait laissé la salopette à son clou et retiré son t-shirt. Sa transpiration luisait au soleil.

Il avait demandé où il fallait mettre le sable qu'il enlevait par brouettées du petit lopin. Elle faillit lui répondre : Rentre-le. En un éclair, elle avait eu la vision de la maison bourrée de grains blonds, asphyxiée par les immenses montagnes de sable venues de son jardin, les fenêtres, les murs ployant sous l'énorme pression de telle sorte qu'il n'y avait plus d'espace ni pour elle ni pour Nico, ni pour le passé ni pour le présent. Un enterrement interne, une léthargie sableuse, une mort poussiéreuse.

— Pourquoi pas sous les pins ? Jette-le là, de toute façon il n'y pousse rien.

Lorsqu'il prit congé, un mur de sable se dressait entre les conifères et le potager ressemblait à un tombeau ouvert.

— A la semaine prochaine ! dit le jeune homme. Il sauta sur son vélo et s'en alla.

De l'argent, pensa-t-elle, j'aurais dû lui donner de l'argent. La fois prochaine, il faudra commencer par là. Toujours difficile, l'argent.

Elle se sentit soulagée, réellement allégée. Quelqu'un l'aidait. Non seulement les kilos de sable avaient disparu, mais aussi cette sinistre impression d'impasse avec laquelle elle s'était levée le matin. Wessel, pensa-t-elle, maintenant j'ai Wessel.

Elle choisit les versions de contrôle pour la classe terminale, participa aux rencontres des parents et tint réunion avec ses collègues à propos des élèves les plus faibles. Une semaine chargée pendant laquelle elle vit très peu Nico. Le vendredi après-midi, en prenant un verre sur la terrasse, elle regardait le jardin éventré. Un fumet de secrets semblait s'échapper en volutes des trous ; elle n'avait parlé à personne de son étonnant jardinier, pas même à Nico.

Elle rentra pour remplir son verre. Lorsqu'elle revint au jardin, elle vit arriver un cycliste, un homme jeune portant un caleçon moulant et une casquette posée à l'envers sur la tête. Les battements de son cœur s'accélérèrent – Wessel ? Avec des nouvelles de Maj ? Le cycliste s'engagea dans l'allée. C'était Nico. Il leva la main, elle aperçut ses drôles de gants aux doigts coupés, il lui sourit, elle fit de son mieux pour effacer la déception de son visage.

Le tissu brillant du pantalon accentuait le bombement de son sexe. Il portait un maillot orange avec des poches dans le dos. Un maillot trop petit.

Pendant un moment, elle ne sut que faire ; elle chercha refuge dans les habitudes quotidiennes et lui servit un verre. Vous fantasmez sur un garçon, il arrive, se précipite vers vous et c'est un homme au visage buriné et aux tempes dégarnies. La casquette était posée sur la table.

— Je me sens vraiment bien, c'est rudement dur, mais j'ai de l'énergie à revendre. Maintenant que Hein est parti, tout baigne dans l'huile, sans résistance, sans frictions. J'y reprends goût, c'est comme si j'avais retrouvé mes vingt-cinq ans. Non, je n'ai pas faim, donne-moi simplement un verre d'eau.

Elle constata qu'il rentrait le ventre. Il regarda le jardin éventré, mais cela ne semblait pas l'atteindre.

Plus tard, ils se retrouvèrent à table dans la cuisine ; il avait pris une douche et remis des vêtements normaux.

— On ne parle plus que de “soins” maintenant, soins intensifs à domicile, soins de prise en charge, soins personnalisés. Nous avons des gestionnaires de soins et un bureau de soins. J'aimerais changer cela, j'y suis très opposé. Il ne faut pas “prendre soin” des gens, c'est bon pour les animaux. Les patients doivent travailler à leur guérison, par étapes précises, avec des objectifs accessibles et sous leur propre responsabilité. Cette langue de bois thérapeutique est dangereuse. Des soins ! C'est nul !

— Et s'ils ne peuvent pas, ou ne veulent plus ? Il y a quand même des gens qui ne sont pas capables de vivre de manière autonome ? Il faut les laisser crever ?

Il semblait ne pas l'entendre. Peut-être n'avait-elle rien dit non plus. Un être humain avait-il le droit d'abdiquer toute volonté ? Ou fallait-il agir, encore, se coucher sur les rails ou sauter d'un immeuble ? Elle imagina un état de totale indifférence, d'impuissance à envisager l'avenir, à se mettre en mouvement, à souhaiter quoi que ce soit. Ses pieds glisseraient sur le carrelage lisse, son dos s'effondrerait, lentement elle se répandrait sur le sol, tandis que, de son souffle éphémère, elle chasserait définitivement tout désir. Elle se redressa machinalement sur sa chaise et serra les genoux. Ecouter. Que dit-il ? Les pommes de terre et le bifteck étaient toujours dans son assiette, le verre de vin était intact et il continuait à parler.

— Cet après-midi, j'ai réuni le personnel soignant pour lui expliquer ma politique. Un changement de mentalité, voilà ce que j'exige d'eux. Cesser de tout régenter et d'interdire, mais décider avec le malade comment continuer. Lui montrer qu'il *faut* continuer. Discuter avec les patients de leur propre contribution, de leur rôle dans ce processus. Les pousser à faire des choix, leur apprendre à anticiper, les responsabiliser. Cela a provoqué des remous, bien sûr, mais l'ambiance est bonne.

Elle avait fini de manger depuis longtemps et attendait l'occasion de parler du jardin et du jardinier, mais avant qu'elle ait pu placer un mot, il s'était déjà levé pour s'installer encore un moment devant son ordinateur.

— J'ai trouvé un jardinier, dit-elle dans son dos.

La porte de la cuisine se referma.

Le lendemain, il bruinait. Soudain, elle le vit sur le seuil, en ciré jaune. Sa propre joie la surprit. Qu'y avait-il d'attrayant à s'esquinter tout un après-midi, par un froid humide, dans un jardin boueux ? Pourquoi était-il agréable d'entretenir une conversation avec un jeune homme totalement inconnu ? Elle ouvrit la porte d'un geste ample.

— Tu y tiens vraiment par ce temps ?

Il ôta son capuchon et dit que les conditions étaient idéales pour jardiner, qu'on ne risquait pas de transpirer, qu'on voyait tout dans la juste lumière et qu'on n'avait pas l'inconvénient de la poussière. Il prononça ces mots avec un petit sourire circonspect.

Ils travaillèrent tout l'après-midi, chaussés de hautes bottes. Elle sentait la pluie sur ses joues froides et savourait la frénésie avec laquelle elle imposait sa volonté au jardin contre vents et marées. Ne pas plier, ne pas abandonner, ne pas baisser les bras.

Ils étaient assis face à face dans la cuisine, la lumière allumée tant il faisait gris dehors. Il avait de la terre sur le visage, du sable dans les cheveux, de la boue sur les mains. Devait-elle lui offrir d'utiliser la salle de bains, ou était-ce aller trop loin ? De l'argent, elle devait lui donner de l'argent. Cent florins, était-ce trop peu ?

— J'aimerais te donner de l'argent. Il sursauta et posa brusquement son gobelet de thé.

— Pour Maj ?

Que voulait-il dire ? Il comprenait mal. Ou bien ? Est-ce qu'il... ? Elle se sentit pâlir et s'agrippa fermement au bord de la table. Huit jointures blanches alignées. Pathétique.

— Tu veux dire que tu l'as vue ?

Elle avait réussi à parler d'un ton plutôt posé. C'était comme si elle se voyait de haut, assise avec le jeune homme. Deux cercles sombres penchés l'un vers l'autre au-dessus du bois clair de la table. Avec la lampe entre eux.

— Je n'ai pas le droit d'en parler, dit-il avec hésitation. Elle ne veut pas. C'est gênant, vous savez, je ne sais que faire. Mais elle a besoin d'argent. Je pourrais le lui donner sans lui dire d'où il vient.

Où l'avait-il rencontrée, quel air avait-elle, quels vêtements portait-elle, avec qui était-elle, que faisait-elle, que disait-elle de sa mère, de Nico, comment parlait-elle, comment marchait-elle, comment ? Elle pencha la tête et ne demanda rien.

— En fait, je voulais dire que je souhaitais te payer pour le travail dans le jardin. La semaine passée, j'ai oublié.

— Oh ! ça ne fait rien, vous savez, dit-il d'un ton soulagé.

Elle se redressa et chercha son sac. Là, près du téléphone. Comment pourrais-je jamais retrouver quelque chose dans ce fourre-tout ? Portefeuille.

Oui. Elle en sortit deux billets de cent florins qu'elle lui tendit.

— Pour aujourd'hui et pour la fois passée. Ça va ?

Il acquiesça, plia les billets et les fourra dans sa poche arrière. S'étant levé lui aussi, il saisit son ciré tout maculé. C'était curieux, un garçon si grand. Elle devait lever la tête pour le regarder.

— Maintenant, je dois vraiment y aller, dit-il. Ça m'ennuie beaucoup pour Maj. Je ne veux rien faire derrière son dos, mais je ne veux pas non plus vous mentir. Vous devez comprendre que je ne peux rien dire ni à elle ni à vous. Sinon, ça ne marchera pas.

Il avait la main sur le bouton de la porte. Il l'évitait du regard.

— Tu ne voudrais pas m'appeler simplement Lou ? C'est bizarre que tu me dises tout le temps "vous". Mes élèves aussi me tutoient, j'ai l'habitude.

Il accepta. Elle avait perdu la tête. Qu'attendait-elle de ce jeune homme ? On aurait dit qu'il était de la plus haute importance de l'empêcher de partir ou, en tout cas, de s'assurer qu'il reviendrait, qu'il allait prendre une nouvelle date, qu'il ne la laisserait pas tomber. Qu'il allait lui sourire. Elle était folle.

— Viens t'asseoir encore un moment, je dois faire un paquet.

Avec réticence, il fit un pas vers la table. Elle s'était déjà précipitée dans la salle de séjour et se mit à farfouiller dans un tiroir de la commode, parlant avec animation, par-dessus son épaule, en direction de la cuisine. Elle disait qu'elle songeait à des bettes, qu'elle était si contente qu'on s'occupe du jardin, que, sans son intervention à lui, cela aurait encore pris des mois. Complètement stupide, caquetage insensé. Elle rassembla tout l'argent qu'elle trouva et le mit dans une enveloppe. Encore une chance qu'elle soit passée à la banque la veille. Deux mille florins.

— Tiens, dit-elle, en lui tendant l'enveloppe. Tu lui donneras ceci. Je t'en prie.

Il prit l'argent avec hésitation et le mit dans une poche intérieure.

— Vous ne devriez, je veux dire : tu ne devrais pas stresser comme ça. Tout va bien se passer, c'est sûr.

Il posa furtivement la main sur son bras, ce qui la troubla, elle sentait les doigts puissants du garçon sur ses muscles tremblants. Maintenant, il faut qu'il parte, pensa-t-elle, sinon je vais pleurer.

Il ouvrit la porte ; un air lourd et humide envahit la cuisine.

— Je vais téléphoner au Garden Center. Je vais commander le terreau.

Elle acquiesça et fit un signe de la main lorsqu'il disparut dans l'obscurité du jardin.

IV

Le comité d'entreprise se réunissait dans l'ancienne salle de cours située derrière le bâtiment principal. Nico s'y rendit en courant, les cheveux encore mouillés de l'eau de la douche. Dès son entrée en fonctions comme directeur, il avait fait installer une salle de bains à côté de l'ancien bureau de Bruggink, dans la petite pièce qui abritait autrefois les dossiers. Il pouvait ainsi venir au travail à vélo, en tenue de cycliste, se mettre en nage et se présenter néanmoins propre et net au briefing du matin. Dans le petit couloir qui séparait la salle de bains du bureau, il y avait place pour une penderie dans laquelle il avait soigneusement rangé des chemises, des caleçons, des chaussettes, un pull, des pantalons et des vestes. Il en avait apporté une pleine valise, on aurait dit qu'il déménageait et qu'il en était en plus particulièrement satisfait. Déterminer la fonction des locaux à sa guise procurait une agréable sensation de puissance. Bruggink, lui, n'aurait jamais eu l'idée de se déshabiller et de prendre un bain sur son lieu de travail, mais Nico avait d'emblée fait comprendre qu'il devrait pouvoir se laver sur place si on voulait l'avoir comme directeur. Dans l'absolu, il aurait aimé obtenir de sa secrétaire qu'elle fasse sa lessive et repasse ses chemises.

Il déboula sans frapper dans la salle de réunion. Jaap Molkenboer, le président, se tenait près du tableau noir sur lequel il notait à la craie les points de l'ordre du jour. D'un coup d'œil, Nico lut : centre de crise, changements de fonction imposés, réorganisation avec un point d'interrogation, droit consultatif avec un point d'exclamation. En soupirant, il se laissa tomber sur une chaise à l'extrémité de la table. Cela allait durer deux heures. *Deux heures !* Il posa ses papiers devant lui. Sans regarder à la ronde, il savait qui était assis à côté de lui, car chacun avait sa place attitrée. Il sentit planer un relent de mécontentement et de contrariété autour de la table. Il apportait des innovations et eux ils étaient contre.

Dès sa prise de fonctions en qualité de directeur, il avait réservé un après-midi pour exposer ses projets. Son ardeur avait buté contre leurs critiques mesquines et chagrines. Ils l'avaient écouté, le visage revêche ; je n'ai pas l'intention de remettre le centre de crise sur les rails, avait-il dit, et, comme un seul homme, ils avaient tous consigné une remarque sur leur bloc-notes. A terme, je supprimerai la communauté thérapeutique. Gratte, gratte. Le service d'admission numéro deux va être rénové et agrandi. On va y installer un nouveau centre de rééducation. Têtes penchées sur le papier. Je vais résilier le contrat de livraison de repas aux institutions du voisinage. Nouvelle page. La philosophie de l'établissement sera différente, les objectifs ne seront plus le séjour et l'accueil, mais la rééducation et l'encouragement à l'autonomie ; j'attends de mes collaborateurs qu'ils m'assistent dans cette réflexion, qu'ils prennent des initiatives et acceptent de se recycler. D'un point de vue structurel, je souhaite favoriser la coopération avec l'atelier protégé, avec l'habitat surveillé et, dans une phase ultérieure, avec les offices de logements sociaux de la ville.

— C'est une vraie réorganisation, avait dit Molkenboer, pour cela, il vous faut notre consentement. Vous ne pouvez ainsi bouleverser tout l'hôpital en un tournemain, cela a une incidence sur la situation des salariés et nous entendons veiller à leurs intérêts. Non, ça ne se passera pas comme ça. En tout cas, je veux voir ces projets noir sur blanc pour que nous puissions nous réunir et en discuter.

Quel emmerdeur, avait-il pensé. Molkenboer ne se sent vivre que quand il conteste, dit non, s'oppose à quelque chose. Il avait promis qu'il leur ferait tenir une note le plus vite possible et que la prochaine conférence de travail serait entièrement consacrée aux changements projetés.

Le président lui avait décoché un petit sourire acide. Une fois de plus, il brûlait les étapes, il fallait d'abord discuter tous les points en comité d'entreprise, les commenter et en préciser les conséquences éventuelles pour le personnel. Les consultations duraient au minimum six semaines, ils étaient surchargés, mais prêts à respecter les règles de la procédure. Ils s'étonnaient qu'il ait même songé à livrer le projet à l'organisation avant le passage de celui-ci par l'étape du comité d'entreprise.

Nico s'était maîtrisé. Il avait écrit la note au cours du week-end suivant, rapide et tendu, ses doigts frappant avec force les mots sur le clavier. A présent, le document était sur la table.

Après deux heures, il y était toujours. Ils n'avaient pas avancé. Nico avait, pour la énième fois, fait part de sa vision, explicité le contexte, exprimé son espoir d'une collaboration, mais, tout en parlant, il percevait l'impatience dans sa voix. Avant qu'elle ne dégénère en querelle ouverte, il clôtura la séance. Il sortit en tapant légèrement des pieds, Jaap Molkenboer dans son sillage.

— Tu vas trop vite, Nico. Qu'est-ce qu'il y a, qu'est-ce qui te prend ?

— Tu le sais très bien, dit Nico avec rigueur. Je l'ai clairement expliqué, en termes compréhensibles, même pour un QI de quatre-vingt-dix. Avec des exemples. Tu voudrais aussi des diapos, peut-être ?

— Je te demandais simplement ça en tant que collègue. Pourquoi es-tu devenu si fanatiquement opposé à la psychothérapie ? Quel profit tires-tu de la suppression de la CT ? Pourquoi ne veux-tu plus rien d'autre que des étapes négociées avec les patients ?

Nico s'arrêta.

— Parce que c'est la seule manière de les prendre au sérieux. Négocier, c'est traiter. Cela donne un résultat. C'est le progrès. C'est ainsi que les êtres humains s'améliorent. Fouiller dans une jeunesse difficile ça les détruit. Ils doivent grandir au contraire, renforcer leur position dans cette négociation. Ainsi, chacun sait où il en est. C'est une attitude terriblement autoritaire que de prendre des décisions à la place des patients. Nous allons leur apprendre à le faire eux-mêmes.

Molkenboer prit un air pincé. Hésitant, il remua ses énormes jambes charnues dans son pantalon de velours côtelé et fit un pas en arrière.

— Ça a l'air bien, mais il y a quand même quelque chose qui cloche. Tu envoies promener une partie précieuse de la psychiatrie, je ne comprends pas pourquoi. En tout cas, tu y vas beaucoup trop fort, ce qui n'amène que de la résistance. Si tu continues ainsi, nous pourrions bien prendre une décision qui ne te plaise pas.

Nico sentit la colère envahir sa poitrine et fit un suprême effort pour se contrôler.

— Réfléchis encore un peu, dit-il brièvement.

Sur le parking, le chef du service du personnel taillait une bavette avec le garagiste à côté d'une voiture rutilante. Ils s'arrêtèrent net à l'approche de Nico.

— Pour vous, dit le concessionnaire.

Nico haussa les sourcils.

— Je n'ai pas besoin d'en changer, celle que j'ai me convient parfaitement.

— Elle fait partie de la série destinée aux directeurs, dit l'homme du service du personnel. Bruggink en avait une aussi, celle-ci, c'est le nouveau modèle. Tu y as droit, tu sais.

— Je n'en veux pas, dit Nico avec impatience. Quel gaspillage. Prestige dérisoire, conventions, bluff. Utilisez cet argent autrement.

— Elle glisse comme un navire, vous devriez l'essayer, dit le garagiste avec enthousiasme. Et elle a tout ce qu'il faut. ABS, airbag, ordinateur de bord, système de navigation, tout !

Par-dessus l'épaule de l'homme, il vit passer Eva. Elle tenait un mouchoir contenant quelque chose. Il prit congé et la suivit.

— Hello ! Il emboîta le pas de la jeune fille et considéra le mouchoir d'un air interrogateur.

— Des morilles, dit-elle, regardez. Elle déplia le mouchoir et montra un petit tas de champignons brunâtres aux pieds fragiles. Une forte odeur de sous-bois s'en exhalait.

— Il faut les faire sécher, alors le poison s'évapore et on peut les conserver. Elle replia le mouchoir.

— Il y en a des dizaines là-bas, près de ces pins. Je n'ai pas pu m'empêcher d'en cueillir quelques-uns

Elle se retourna et indiqua la rangée d'arbres qui se dressaient près de la sortie. Les deux hommes s'y trouvaient toujours, à côté de la voiture dont la carrosserie étincelait.

— Tu m'accompagnes, demanda soudain Nico, tu viens faire un petit tour d'essai avec moi ?

Ils revinrent et ouvrirent les lourdes portières.

— J'ai réfléchi, je vais quand même l'essayer, dit-il.

Eva posa les champignons sur le plancher. Immédiatement, les senteurs forestières envahirent la voiture. Il s'installa dans le siège de cuir douillet qui l'enveloppa. Le moteur chantait. Il embraya doucement. Les gravillons crissèrent, les arbres commencèrent à défiler, et après quelques mouvements souples du poignet, ils laissaient l'hôpital derrière eux et glissaient sur la route. Eva alluma la radio, il entendit, jouée au violon, la mélodie plaintive et passionnée d'un quatuor à cordes de Schubert. Elle se mit à pousser les boutons situés sous le petit écran placé à côté du volant. Ongles ovales, rosés. L'image de la route sur laquelle ils se trouvaient apparut. Telle une étoile, la voiture dessinait sa trajectoire sur fond d'azur.

— J'ai mis Anvers, dit-elle. J'aimerais tant y aller. Cent quatre-vingt-deux kilomètres.

Je la prends, se dit-il. Une voiture pleine de possibilités ; cessons d'être aussi étriqué, savourons ce cuir gris souris, cette musique, ce moteur.

Il fit ronfler la voiture un instant et prit le premier virage. Toutes vitres baissées, il repassa les grilles en trombe.

*

Le jour de son rendez-vous avec Albert, il pleuvait. Une évaluation informelle, avait dit ce dernier. Dans cette période de transition, le conseil de surveillance voulait suivre de près le déroulement des événements et, caisse de résonance et soutien du nouveau directeur, tenait à avoir un dialogue ouvert avec celui-ci. Allons dîner ensemble, avait dit Albert au téléphone, derrière la gare, c'est un taudis, mais la cuisine y est excellente et on y est au calme, il n'y a pas de musique.

Le restaurant, construit sur une jetée, était entouré d'eau sur trois côtés, tel un bateau provisoirement amarré, prêt à repartir.

Il trouva une place pour sa nouvelle voiture dont il quitta à contrecœur la chaleur odorante pour la pluie. Il n'avait pas emporté d'imperméable ; impétueux et haletant, il remonta le quai au pas de course et s'engagea sur l'appontement. Albert arrivait de l'autre côté, tenant bien haut un parapluie. Ils se serrèrent la main sur le caillebottis. La pluie fouettait l'eau noire ; les vagues claquaient contre les pilotis ; des fenêtres du restaurant tombait une lumière jaunâtre.

Albert lui céda le passage pour franchir des seuils élevés, des portes étroites et grinçantes. Un serveur leur indiqua une table dans l'oriel. De l'autre côté de l'étendue d'eau brillaient les lumières d'Amsterdam-Nord.

— J'ai appris avec plaisir que tu avais pris cette voiture. Il te faut un moyen de transport adéquat, on attend cela de toi et c'est bien aussi. Elle roule bien ?

— A la perfection, dit Nico, j'en suis content. Bien que je me déplace le plus souvent à vélo. Un no man's land entre le travail et la maison, on peut réfléchir, on est seul pendant quelques instants.

Albert lui lança un regard scrutateur.

— Tu as maigri ? Tu travailles trop ? Si tu es d'accord, cet entretien restera confidentiel et informel, je veux seulement me faire une idée de la façon dont tu envisages ta fonction, savoir si tu es content, comment tu vois les étapes du changement, connaître tes difficultés éventuelles à collaborer avec l'un ou l'autre. C'est à titre personnel que j'aimerais être au courant. L'évaluation officielle se fera plus tard, lors d'une réunion ordinaire du conseil. J'ai le sentiment d'avoir pris moi-même des risques en t'engageant, je souhaite donc être informé de la suite des événements. Un verre ?

Tandis qu'Albert parlait, Nico sentait la tension se relâcher dans ses épaules. Albert avait une coiffure rassurante : coupe courte, raie bien marquée, petits cheveux rebelles dressés sur le sommet du crâne. Un costume trois-pièces impeccable, une cravate à pois jaune vif, une voix juvénile. Ils burent. Nico se laissait bercer par les paroles de l'autre : ils se connaissaient depuis si longtemps, Nico était un psychiatre engagé et grand travailleur, cela avait certainement été difficile pour lui de se trouver sous les ordres de Hein Bruggink, de se plier à la discipline du marché. Albert admirait la façon dont il avait tenté, malgré tout, d'atteindre les véritables objectifs d'un hôpital dans ce contexte commercial.

Nous allons donner une chance à ce garçon, avait-il déclaré à ses collègues du conseil lorsque Bruggink avait annoncé son départ. Il devait comprendre que le conseil de surveillance n'appliquait aucune politique et n'émettait aucun avis sur l'orientation que l'hôpital devait prendre, ce qui était le privilège du directoire ; le rôle du conseil de surveillance se limitait à s'assurer qu'il existait bien une politique et que celle-ci était correctement menée. Lui, Albert, avait eu des doutes sur la méthode de Bruggink, un hôpital n'est pas un magasin, mais, d'un point de vue économique, ce furent de bonnes années et aussi une période de calme interne. Mis à part la querelle sur le centre de crise, bien sûr. Personnellement, il attachait plus de prix à une politique de fond, soit dit entre nous ; ce soir, dans le cadre convivial de cette véranda, il s'autorisait à exprimer une opinion. Moins de confusion entre les différents secteurs, des soins et des traitements plus spécifiques. Voilà pourquoi il s'était carrément rangé derrière Nico.

— Je te soutiens, mon garçon, tu peux compter sur moi. Ton plan d'action était clair. Ce qui me tracasse un peu, c'est la vitesse à laquelle tu l'as lancé dans l'organisation. Ces gens doivent se reconvertir totalement ; ils étaient des vendeurs, ils doivent redevenir des soignants. Et puis tu vas fermer des services, bousculer le personnel, modifier des tâches – tout à fait logique et justifié, mais les gens ne s'en rendent pas compte tout de suite. Ils se sentent mis sur la touche.

On servit la terrine. Albert avait choisi un très bon vin rouge. Par la fenêtre, Nico observa le reflux des inlassables vaguelettes. Il regarda le visage grave qui lui faisait face.

— C'est vrai, la patience n'est pas mon point fort. Dès que je vois ce qu'il faut faire, j'ai envie de le réaliser immédiatement, le reste n'est que fardeau inutile, gaspillage de temps. Je sais bien que les gens trouvent ça difficile. Ils devraient reprendre des cours. Les psychiatres devraient aller en Amérique, étudier un projet spectaculaire portant sur des schizophrènes apathiques. Il faudrait aussi organiser des conférences internes, leur faire écrire des textes, prononcer des exposés, concevoir des projets phasés. Je sais tout ça, mais je préfère le laisser de côté. Stupide. J'ai déjà le CE contre moi.

— Oui, Molkenboer m'a téléphoné. Complètement excité, ne songeant plus qu'à entraver et à freiner. Là il faut faire quelque chose, tu as le plus grand besoin de ces gens.

Nico soupira et songea aux cuisses de velours côtelé rebondies de Molkenboer. Il était bien obligé.

— Je vais lever le pied. Elaborer un projet éducatif. Une "structure en formation", qu'en penses-tu ? Mais la CT va y passer, je ne veux pas attendre plus longtemps. Les thérapeutes seront les premiers à se recycler.

— Qu'est-ce qui te dérange là-dedans ? Ces gens ne font aucun mal, tout de même ?

Le plat principal était arrivé. A l'aide de couteaux pointus et acérés, ils tranchèrent la viande sombre. Une deuxième bouteille. Sur l'eau, un bateau glissait ; derrière ses fenêtres brillamment éclairées, des gens étaient en train de boire.

— Bah ! qu'ils fassent ce qu'ils veulent, mais pas sur mon terrain ni à mes frais. Nous sommes là pour soigner les véritables affections psychiatriques, les maladies sérieuses. Eux, ils traitent des problèmes. Il y a des institutions pour ça, ce n'est pas l'affaire d'un hôpital. Ça coûte aussi des paquets d'argent et leur service n'est jamais plein. C'est une institution malade, tant sur le plan des activités que du point de vue économique. Je n'aime pas les choses imprécises. Je veux qu'ils élaborent des projets, qu'ils les mettent en œuvre et vérifient ensuite s'ils conviennent. Ils ne raisonnent absolument pas comme cela.

Albert mâchait, pensif.

— Eh bien, si le taux d'occupation est si faible, il faut peut-être, en effet, regarder la situation d'un œil critique. Mais cela va faire des remous. Et c'est un vrai cadeau pour le CE, qui va pouvoir y mordre à belles dents. D'après toi, ça va dégager des fonds ?

— Certainement. Et je vais les investir dans le nouveau service de rééducation. De l'argent bien placé.

Ils divaguèrent sur un nouveau bâtiment, sur des architectes et des entrepreneurs jusqu'au moment du dessert, auquel tous deux préférèrent café et cognac.

— Ineke m'a dit qu'elle avait parlé à Lou, dit Albert, impromptu. Elle l'a trouvée quelque peu silencieuse. Que pense-t-elle de ta promotion ?

— Je ne sais pas. Elle trouve que c'est bien, je crois. Elle ne s'est jamais beaucoup intéressée à l'hôpital.

— Elle a beaucoup de travail ?

— Oui. Enfin normalement. Et puis elle est toujours en train de jardiner.

— Ne prends pas mal ce que je vais te dire, mais je trouve que, lorsqu'on exerce une fonction aussi lourde que la tienne, il est très important de trouver un soutien chez soi. Quelqu'un qui partage tes préoccupations, qui veille à ce que tu ne te surmènes pas, quelqu'un avec qui tu puisses partager de temps en temps une activité de détente. Bien sûr, il n'y a pas deux ménages identiques, mais, dans ce domaine, Ineke m'a toujours bien aidé. Elle tient, par exemple, à ce que je prenne suffisamment de vacances. Tu dois le faire aussi ! Quand êtes-vous partis pour la dernière fois ?

Nico haussa les épaules. Il vit la maison dans les dunes, avec la rangée d'arbres sombres, l'allée, le jardin éventré. Il se représenta Lou dans la cuisine, penchée sur le plan de son potager, les cheveux noirs cachant son visage.

— Il y avait toujours quelque chose. Et nous sommes liés par ses congés scolaires. Lou n'aime pas tellement les voyages. Nous aimons tous les deux travailler dur, en fait.

Ça suffit, pensa Nico. Est-ce que ton ménage va bien, est-ce que vous sortez encore de temps en temps ensemble, est-ce que vous vous parlez régulièrement ? Qu'est-ce que ça peut lui faire ? Bientôt, il me demandera comment va notre fille – non, c'est insensé, il ne sait rien de cette histoire. Il ne pouvait concevoir que Lou ait laissé transparaître quoi que ce soit devant Ineke. Ne pas en parler entre eux, ne prononcer aucun nom, n'évoquer aucun souvenir, ne faire aucune allusion, telle était leur convention la plus inébranlable. Ce n'était l'affaire de personne. Le non-dit était devenu le noyau de leur union. Pensait-il. Il se redressa. Rester ainsi à table à boire et à bavarder était agréable jusqu'à un certain point, mais il venait toujours un moment où l'insécurité et l'impuissance s'abattaient sur vous. Il fallait prévenir cet instant ; il ne fallait pas relâcher sa vigilance, il fallait toujours pouvoir se lever pour entreprendre quelque chose.

Il prit congé d'Albert, qui le suivit des yeux, pensif.

Plutôt la discipline du marché que la terreur de la complaisance, se dit-il en se traînant vers sa voiture. Il avait trop bu et s'irritait de ne pouvoir se débarrasser de la sensation de lourdeur de ses jambes. Sa tête n'allait pas mieux, il ne parvenait pas à chasser des images et des phrases de la conversation, des distractions, avait dit Albert, c'était important – lui-même faisait de la voile avec ses fils et retapait une voiture ancienne. Il ne pouvait chasser de son esprit la représentation d'un frêle voilier avec trois hommes corpulents à son bord. Il trembla à l'idée qu'Albert pourrait l'inviter, un week-end, à démonter le moteur de la voiture ou à toute autre activité de ce genre. Tout de même, quel con il était de ne pas apprécier l'amitié d'un homme aussi gentil. Que voulait-il donc ?

L'opposition. Etre en alerte, prêt à tout, concentré. Un combat silencieux, pour savoir qui avait le pouvoir. Que le vaincu lui lèche les bottes le mettait légèrement mal à l'aise. Le perdant devait rester furieux, sinon il n'y avait plus de résistance. Et c'était la résistance qui le tenait debout.

Le bac heurta la rive et déversa un essaim de cyclistes, silhouettes sombres sur l'asphalte mouillé. Il ne pleuvait plus.

Il fit chauffer le moteur et se délecta des bouffées d'air chaud que le ventilateur envoyait dans la voiture. Lentement, il sortit le véhicule du parking. Il se joignit à la file qui longeait au pas l'arrière de la gare. Sous le bouclier de la colère, il soupçonnait un sentiment d'abandon dont il ne voulait pas ; l'attitude amicale d'Albert lui donnait la sensation d'être perdu, privé de ses repères. L'autre lui avait fait remarquer qu'il n'était pas à la hauteur, qu'il y avait une chose qu'il ne comprenait pas, qu'il ne sentait pas. Il n'était pas en mesure d'analyser la rose. Il ne pouvait pas.

Pourquoi roulaient-ils tous si lentement ? Le visage tourné du côté de la chaussée, le conducteur de la voiture qui le précédait semblait inspecter la façade arrière de la gare. Nico suivit son regard. Des femmes. Des putes. Seules, en petits groupes, appuyées au mur, en équilibre sur le bord du trottoir. La voiture de devant s'arrêta, une femme aux longues jambes chaussées de cuissardes luisantes pencha son visage hâlé vers la portière. Nico doubla. Lentement.

A l'extrémité du bâtiment, là où l'éclairage public se raréfiait, se trouvaient deux personnes. Un garçon et une fille, remarqua-t-il en s'approchant. Le jeune homme, le dos appuyé contre le mur aveugle, fumait. La fille se tenait devant lui, les bras croisés. Quelque chose dans son attitude – ses frêles épaules, pointées un rien vers l'avant, la position de ses pieds écartés – lui coupa le souffle. Sans qu'il fût conscient d'avoir enfoncé la pédale, la voiture s'arrêta. Il regarda.

Elle portait un manteau gris qu'il ne connaissait pas et dont le capuchon lui couvrait la tête. Des chaussures plates – ces mollets bien tendus !

Il ne prit aucune décision, il ne pensait à rien, mais son bras droit avait baissé la vitre. Le garçon le regarda dans les yeux et dit quelque chose à la fille, indiquant Nico du pouce. Elle se retourna. Il entendit ses souliers racler les pavés.

Le visage. Les petits yeux gris un peu trop rapprochés. La ride au front. L'expression, entre angoisse et mépris. Oui. Oui ! Il s'appuyait sur le siège du passager et la regardait obliquement. La bouche était peinte en rouge sombre ; les cheveux coupés court et teints en roux. Elle ne semblait pas du tout le reconnaître, elle leva seulement les sourcils.

— Il veut une passe, dit le garçon. Tu pourrais te faire un peu de fric.

Elle regarda par-dessus son épaule et ricana. Lorsqu'elle se tourna à nouveau vers Nico, ses yeux lançaient des éclairs de colère.

— Vieux dégueulasse. Casse-toi.

Elle ne me voit pas, pensa-t-il. Ce n'est pas elle, je me suis trompé. Il fait sombre dans la voiture, elle ne peut pas me reconnaître. Il chercha à tâtons le plafonnier au-dessus du rétroviseur, le capuchon de plastique lui resta dans la main, il tendit le bras pour ouvrir la portière et faire ainsi de la lumière, il tremblait sous l'effort.

— Attends, dit-il, attends, je viens !

— Dégage, vieux chnoque, cria le garçon, t'es sourd ou quoi ?

La fille pencha la tête, couronnée de l'étrange chevelure, vers la vitre ouverte ; enfin, pensa-t-il, elle va écouter.

Soudain, un jet de salive tiède l'atteignit au visage, lui entra dans l'œil, coula le long de son menton.

— Dégueulasse, répéta-t-elle. Elle se retourna et s'en alla, main dans la main, avec le garçon.

Avec un calme glacial, il tâta sa poche à la recherche de son mouchoir, s'essuya le visage, replaça le capuchon du plafonnier, remonta la vitre et reprit la route.

Lou était déjà montée ; elle avait éteint la lumière de la chambre, mais, dans la cuisine, la lampe brûlait au-dessus de la gazinière. Il sortit une bouteille de bière du réfrigérateur et s'assit à la table, sur laquelle il pianota en attendant que la mousse soit retombée. Pas de panique. Demain, il ferait jour. Il fallait faire un plan pour rétablir le contact avec le comité d'entreprise. Il devait mettre sur pied une réunion de travail. Il parlerait aux membres de la communauté thérapeutique. Demain.

Il ôta ses chaussures, éteignit la lumière et monta furtivement, tel un cambrioleur, dans sa propre chambre. Lou était une tache noire sur l'oreiller. Les rideaux étaient restés ouverts et, lentement, ses yeux s'habituaient à la lumière grise. Les vêtements de sa femme sur une chaise. Le téléphone. Le réveil. Il enleva brusquement sa chemise, la jeta sur le sol, sortit de son pantalon, retira ses chaussettes. Nu, il se glissa à côté d'elle. Dormir maintenant.

Il sombra dans le sommeil comme un noyé. Sans la moindre résistance, il coula dans les profondeurs, où il planait en apesanteur tandis que de l'air vicié s'échappait avec régularité de son nez. Son corps, détendu, pesait de tout son poids sur le matelas.

Il remonta à la surface à contrecœur, ne pouvant plus ignorer une sonnerie stridente. Il se redressa à demi, fixa avec étonnement le réveil et le téléphone, sans rien comprendre, d'abord, à ce qui se passait.

— Téléphone, dit Lou, tu es réveillé ?

Il décrocha. Sa voix craqua lorsqu'il prononça son nom.

— Incendie ! A *L'Orée des Dunes*. Les pompiers arrivent. Je voulais vous prévenir. Application du plan catastrophe. Vous venez ?

— Bien sûr. J'arrive. A tout de suite.

Dans la pénombre, il vit briller les yeux de Lou. Elle le regarda s'habiller, les mains posées à plat sur la couette, blanches, impuissantes. Un souvenir revint à l'esprit de Nico, un souvenir de la veille, un souvenir indicible. Chassons-le ; où sont mes chaussettes, un pull, les clés ?

— Je dois partir. Alerte incendie. C'est peut-être un exercice, dans ce cas je serai vite de retour.

Il dévala bruyamment l'escalier, attrapa un blouson de cuir accroché au portemanteau et claqua la porte derrière lui. Dehors, l'atmosphère était salée et humide. Avant de monter en voiture, il regarda en haut l'ombre blême, à la fenêtre, qui lui faisait signe. Il répondit d'un geste de la main.

Avec une excitation puérile, il fonça vers l'hôpital, en pleins phares, à une vitesse beaucoup trop élevée. Il sifflait un petit air, se pinçait les cuisses, ricanait. Ça ne se faisait pas de se réjouir d'un incendie, mais c'était plus fort que lui. Il roulait la vitre baissée, mais ne sentait toujours rien. Ce n'est que lorsqu'il s'engagea sur le site de l'hôpital qu'il comprit que la situation était grave : à l'arrière, près de la voie ferrée, des nuages de fumée noire et grasse étaient suspendus dans l'air. Il gara sa voiture et se mit à courir, d'abord sur la grande allée, prenant ensuite un raccourci par d'étroits sentiers. Des branches d'arbres lui fouettaient le visage et l'odeur de l'incendie lui entrait dans le nez. Il entendit la sirène des pompiers dans le lointain.

Plus près, des voix résonnaient ; ordres donnés en toute hâte par le personnel, cris effrayés des malades. C'est curieux comme on peut reconnaître un malade mental au seul son de sa voix. Beau sujet de recherche, là. Diagnostic vocal. Parlez, s'il vous plaît. Merci, je suis fixé.

Il ralentit le pas. Le pavillon *L'Orée des Dunes* se consumait en crépitant et émettait d'énormes ondes de chaleur. Aux branches des arbres qui faisaient face à l'entrée, les feuilles roussies pendaient, toutes droites, vers le sol. Un petit groupe de patients en pyjama et pieds nus étaient emmenés à l'écart, en sécurité, par les bras costauds d'Erik. La voiture des pompiers arriva sur la grande allée, on recula, cria, hurla. Une vitre explosa en éclats ; des flammes d'un jaune sale se pressèrent à l'extérieur. Nico resta un moment à écouter les bruits, fasciné. Le feu mugissait, murmurait, rongeait les boiseries en craquetant et en grésillant, sifflait, suçait et crépitait. Il secoua la tête et rejoignit Erik.

Il le trouva un peu à l'écart de l'entrée, pâle mais déterminé. Erik tendit la main à Nico, ce qui fit à celui-ci une impression bizarre. Peut-être ce geste soulignait-il la gravité de la situation, pensa-t-il, mais on aurait aussi pu le prendre pour une marque de congratulations : un pavillon bon pour la réforme éliminé gratuitement, et l'argent de l'assurance pour une superbe construction neuve. Erik ne pensait certainement pas cela, en tout cas pas maintenant.

— Vous avez pu sortir tout le monde ?

Erik leva ses épaules massives.

— Je ne sais pas encore. Je pense que les dortoirs sont vides, mais tout le monde y était-il ? Il y a aussi des gens qui ont sauté par les fenêtres, Johan par exemple, en tenant Mme Van Overeem par la main !

C'est le chaos. Ça s'est passé si vite. On était en train de prendre le thé et, tout à coup, on a senti l'odeur. On a ouvert la porte : des flammes ! L'alarme d'incendie n'a pas fonctionné.

— Pas de sprinklers non plus, sûrement ?

— Non, on n'en a pas. Je vais conduire mes gens à la cantine principale. Deux collègues du service de nuit sont encore en train de chercher, et la petite stagiaire aussi. Au cas où il y aurait encore des personnes dans le bois.

— Je vais voir aussi. A tout à l'heure !

Nico se mit à marcher autour du bâtiment en flammes, cherchant, dans les buissons, des malades en fuite. A travers les fenêtres cassées, il apercevait des lits en train de se consumer, des voilages semblables à des étendards en flammes, des morceaux de linoléum s'enroulant et fondant sur le sol. Tout se démolissait, s'anéantissait, disparaissait. Il sentait son cœur battre la chamade et il en avait honte.

L'odeur étant insupportable, il prit son mouchoir et le tint devant son nez. Il se fraya lentement un chemin à travers les buissons pour gagner la clôture et inspecter méticuleusement le terrain, les larmes aux yeux. Près de la grille, quelque chose bougeait, une forme sombre accroupie sur le sol – un animal, un patient effrayé, un infirmier blessé ? Il courut, fit un faux pas, se prit le pied dans un jet de ronce et s'approcha en jurant. C'était Eva.

Quand il prononça son nom, elle releva la tête, qu'elle avait posée sur ses genoux. Elle entourait ses jambes de ses bras et, pareille à un bloc compact de malheur, elle s'appuyait contre la grille. Cheveux crasseux, visage maculé, une main en sang. Il s'agenouilla devant elle, cracha dans son mouchoir et se mit à lui nettoyer les joues avec précaution.

— Tu as eu très peur, qu'est-ce qui t'est arrivé à la main, tu as mal, tu peux te lever ? Il murmurait doucement tout contre son visage blême et n'attendait aucune réponse. Viens, je vais t'aider à te relever, tiens-toi à moi.

Il la tira vers le haut, lentement, précautionneusement, attentif à ce qu'elle ne puisse tomber. Il enleva une feuille calcinée de ses cheveux et la réconforta d'une caresse sur la joue.

Les lèvres de la jeune fille se mirent à trembler et il sentit ses épaules s'agiter. Quelque chose voulait sortir, l'horreur luttait pour se frayer un chemin vers le haut, vers l'extérieur.

— M. Van Raai, hurla-t-elle.

Soudain des larmes jaillirent, inondant son visage. La voix se fit plus pleine, les mots vinrent, précipités et incontrôlés, son récit sortit entre morve et bave, elle le cria dans le creux des bras de Nico.

Lorsque l'incendie avait éclaté, ils étaient dans le petit bureau, par chance l'équipe de nuit venait d'arriver. Ils avaient couru vers les dortoirs, avaient éveillé les patients et les avaient fait sortir de leur lit. On n'avait pas le temps de placer dans leur fauteuil roulant ceux qui ne pouvaient pas marcher, Erik les avait portés dehors sur son dos, un à un. Elle avait poussé les patients valides devant elle dans le couloir, jusqu'à la porte extérieure que le chef de l'équipe de nuit avait ouverte. Erik lui cria qu'elle devait aller dans les petites chambres, il y avait aussi des patients qui dormaient dans des pièces à un ou deux lits à l'autre bout du couloir. Celles-ci n'étaient pas toutes occupées, dans la mesure du possible on mettait les pensionnaires dans le dortoir, cela favorisait les relations sociales et facilitait le travail de surveillance du personnel. La nuit, on fermait les petites chambres de l'extérieur. Sinon, les gens erraient et rôdaient.

Elle avait essayé de s'approcher, mais, au bout du couloir, le feu faisait rage, il était impossible d'accéder aux portes. Elle ne voyait plus Erik.

Elle avait couru dehors et vu Johan, le garçon nerveux, sortir par une fenêtre cassée. Derrière lui, il y avait une grosse femme qu'il aidait consciencieusement à franchir l'appui de la fenêtre. Elle leur indiqua où ils devaient aller et se précipita à l'arrière du pavillon. Là, il y avait la chambre de M. Van Raai, illuminée par les flammes. M. Van Raai lui-même était assis dans son fauteuil roulant, au milieu de la pièce, immobile, une houppe de feu sur la tête. Devant la fenêtre, dehors, les buissons brûlaient. Il n'y avait pas eu moyen de se frayer un passage. Elle avait alerté les autres en gesticulant et en hurlant, mais personne n'avait rien pu faire.

— Il a brûlé comme ça ! J'étais à côté, je l'ai vu !

Nico caressa la chevelure pleine de suie et chuchota :

— Doucement, doucement, c'est fini, tout doux…

— Il ne faisait rien ! Il restait assis simplement ! Il brûlait ! Elle sanglotait, reniflait, inspirait l'air enfumé et pollué. Et je n'ai rien fait !

— Tu ne pouvais rien faire. Tu as tout essayé. Doucement.

Tout en la soutenant fermement, il posa une main sur sa joue. Elle lui lançait un regard déchirant, désespéré.

Il entoura de ses bras le corps de la jeune fille, caressa le dos étroit, posa les paumes de ses mains sur les flancs agités, la massa calmement, montant et descendant, un sein, une étonnante douceur, le creux d'une hanche, une épaule qui se donnait à sa main ; soudain, il eut entre les bras une femme toute chaude qui s'accrochait à lui, qu'il voulait sentir de la tête aux pieds, qu'il voulait engloutir et savourer – qu'il enlaçait.

Ses lèvres gercées et brûlantes soufflaient sur les sourcils de la jeune fille, sa langue excitée léchait les larmes de ses yeux, son nez altéré par la fumée cherchait la chaleur de son cou. Un effluve de passé lointain, une haleine de jeune animal, un arôme de jeune fille, printemps brûlé. Il sentait la main d'Eva dans son cou, les extrémités de ses doigts le long du pavillon de son oreille, il humait sa respiration haletante. Puis il prit son visage entre les mains et goûta sa bouche. Elle ouvrit les lèvres pour qu'il pût sentir ses dents, goûter sa salive, trouver la chaleur de sa langue. Il ne pensait pas. Appuyé au grillage vétuste, il faisait ce qu'il y avait à faire, sans la moindre réserve. C'était ainsi. Il entendait derrière lui le sifflement des lances d'incendie, le crépitement du feu, le fendillement du bois et l'éclatement du verre. Un grand anéantissement se déroulait à cinq mètres à peine, mais, lui, ferme sur ses deux jambes, il caressait une jeune fille, une femme sortie du feu pour l'embrasser. C'était le moment présent.

V

Assise à la grande table, elle traduisait Tacite. De tous les écrivains qu'elle devait enseigner, celui-ci était son préféré, avec ses navettes émouvantes entre cynisme et compassion et son sublime équilibre entre forme et fond. Mais elle ne se perdait pas seulement dans le jeu des mots et des phrases ; elle écoutait aussi, avec l'avidité d'une instance profonde de ses sens, *ce* que disait le grand historiographe, elle cherchait les raisons de ses formulations fascinantes et poussait un soupir de satisfaction quand un couple de mots finement taillé correspondait exactement à sa signification. Il était question du pouvoir.

Autrefois, elle avait été membre d'un club de lecture, un petit groupe de six femmes et deux hommes qui se réunissaient tous les quinze jours pour parler d'un livre que tous avaient lu. Lors d'une des premières rencontres, il y avait sur la table un recueil de récits dont l'auteur annonçait, en quatrième de couverture, qu'il voulait "déstructurer la langue". Dans un premier temps, muette d'admiration, elle s'était laissé impressionner par cette résolution, mais plus tard, seule avec elle-même, sur le chemin du retour, elle s'était mise dans une colère inouïe, parlant et lançant des injures à haute voix dans sa petite voiture. L'arrogance de cet auteur, la mégalomanie forcenée de son objectif, l'aveuglement à l'égard des valeurs qui tenaient les gens debout, il y avait tout ça dans ce bout de phrase ! Quelle audace ! Et l'éditeur avait eu l'impudence d'imprimer cela, à titre de recommandation au lecteur, lequel, dans son snobisme, était bien capable de trouver le truc intéressant. Déstructurer la langue. Seul pouvait déstructurer une chose celui qui en connaissait les règles à fond, qui la dominait, qui, de temps en temps, pouvait en avoir une vue globale. Voilà ce qu'il prétendait, le conteur.

Elle s'était laissé reléguer dans un coin par le consensus enthousiaste des membres du club de lecture, silencieuse, accablée de constater que tout le monde savait de quoi il s'agissait, sauf elle. Les lecteurs connaissaient les règles et trouvaient excitant qu'elles soient transgressées, que l'écrivain leur montre comment on peut rester maître de la langue.

Personne ne s'intéressait à la dépendance sous-jacente vis-à-vis de la langue, personne ne comprenait que, sans le tissu serré des mots et de leurs relations mutuelles, toute pensée était impossible. Pas même elle, qui s'était laissé intimider et impressionner, et qui ne s'était aperçue qu'une fois assise dans sa voiture qu'elle avait une opinion différente. Qu'elle appréciait le carcan de la langue, qu'elle rendait grâce à sa structure et à ses contraintes ; qu'elle prenait conscience, chaque jour, des bienfaits des règles. La langue déstructurée, elle la connaissait grâce aux patients de Nico. La maladie d'Alzheimer rongeait le cerveau des personnes âgées, les rendant incapables de trouver aucun mot. Les tumeurs et les hémorragies altéraient le centre de la parole chez des adultes sains de sorte que, en l'espace d'un instant, ils ne pouvaient plus prononcer qu'une seule phrase, qu'ils devaient utiliser pour tout exprimer ! La diabolique schizophrénie imposait à des personnes jeunes une nouvelle manière d'appréhender la langue, où les mots prenaient des significations insoupçonnées et menaçantes et un pouvoir tel qu'ils pouvaient tuer. Non, merci, pas de déstructuration.

Pourquoi n'avait-elle pu dire tout cela sous les lampes design, autour du verre de vin rouge ? Elle n'était pas faite pour les relations sociales, elle ne pouvait penser que quand elle était seule. Elle s'était retirée du club de lecture et avait flanqué à la poubelle le livre de l'écrivain déstructurant.

A présent, penchée sur Tacite, elle tentait, avec application, d'approfondir les règles de la langue de cet auteur. Chaque fois qu'elle pensait y réussir, elle en éprouvait une sensation de satisfaction et de quiétude. Peut-être ne peut-on jamais comprendre la pensée exacte de quelqu'un, mais on peut, en tout cas, découvrir sa façon de la dire. Si on s'y applique vraiment.

La sonnette. Un camion du Garden Center stationnait dans l'allée, où il était entré en marche arrière. Le convoyeur se tenait face à Lou, un papier et un crayon à la main. Par-dessus l'épaule de l'homme, elle vit la benne se soulever. Le terreau commença à glisser, en surface, des grains et des mottes se mirent à bouger et roulèrent sur le pavé ; le gros du volume semblait s'accrocher encore un peu au bord, mais, emporté par son propre poids, il céda à la pente de plus en plus raide et s'écrasa lourdement sur le sol.

— Juste un petit griffonnage ici, dit l'homme qui attendait sur le perron.

Elle prit la plume, signa et resta immobile à regarder le camion faire descendre la benne et disparaître sur ses hautes roues.

Là où Nico aurait dû garer sa voiture s'élevait un énorme tas de terre fertile, noire promesse d'une pousse future.

Alors seulement, elle vit les dégâts causés au petit lopin herbeux. L'objet de sa fierté était endommagé par une taupe zélée ou désespérée qui, pendant la nuit, avait fait surgir à la surface nue du petit terrain de nombreux monticules. De sable. Quoi qu'on fît pour le recouvrir, le refouler ou l'ensevelir, l'élément honni trouvait le chemin de la surface. Le petit lopin lui faisait de l'œil avec un malin plaisir et une supériorité désinvolte. Elle claqua la porte. Elle allait répandre sur le jardin des pelletées du nouveau terreau, elle allait enfouir les tas de sable, recouvrir l'herbe de terre, combler les trous. Elle appellerait Wessel, elle ne s'avouerait pas vaincue, elle affronterait la colère que déclencherait chez Nico l'encombrement de l'allée.

Mais elle extirpa son vélo de la remise et roula vers la ville, non pas sur la piste cyclable qui serpentait dans les dunes, mais à travers le polder qui la rassurait par la régularité des angles droits et la rectitude de ses fossés, comme si l'endroit n'avait subi aucune violence. Elle savait qu'elle se mentait à elle-même. Tout paysage était en guerre, de même que l'hôpital, l'école, la famille. Le polder était comme une vivante protestation contre le manque d'eau, c'était une terre opprimée et exploitée qui ruminait sa vengeance. Se laisser contraindre par les digues, laisser évaluer son utilité en termes de production d'herbe, avoir toujours soif. L'a-t-elle vécu comme cela, pensa Lou, notre enfant était-elle une prairie silencieuse, asséchée, une terre appauvrie, trop épuisée pour répondre aux attentes ? Etions-nous ceux qui actionnaient la pompe, aspiraient l'eau, fixaient les rations ?

Nico, pensa-t-elle, Nico, qui ne supportait aucune faiblesse, aucune défaillance. Et moi, qui lui emboîtais le pas, se dit-elle, pédalant rageusement, les mains crispées sur le guidon. Trop lâche pour dire non, trop peu sûre de moi pour m'opposer à ses déclarations péremptoires, trop craintive pour le mettre en colère. Mais en colère, il l'était déjà. Parce que l'enfant tant désirée restait silencieuse et craintive, ne semblait éprouver aucun plaisir et avait de mauvais résultats scolaires. Elle aurait dû insister pour qu'il montre leur fille à un collègue du professeur poète ; il aurait vraiment fallu que quelqu'un l'examine, se penche sérieusement sur sa nature et sur son état, si difficile, si sérieux qu'il fût. Mais elle ne l'avait pas fait, angoissée à l'idée que la colère de Nico se retourne contre elle. Elle était donc devenue, elle aussi, spoliatrice, oppressive, despotique. Complice.

Une structure, avait dit Nico, et des missions claires. Je veux bien que sa situation de départ ne soit pas très favorable, mais un être humain n'est pas constitué uniquement de matériel génétique. Les influences du milieu sont au moins aussi importantes. Nous devons lui poser des conditions, la stimuler pour amorcer son développement, ignorer tout comportement négatif. Au contraire, c'est en prêtant attention aux plaintes, aux pleurs et aux refus qu'on encourage ceux-ci.

L'enfant ne répondait pas aux stimulations positives. Il semblait que les conditions, trop sévères, ne pouvaient l'inciter à passer à l'action. De plus, elle ne présentait pas ce que Nico appelait un comportement négatif. Elle ne disait pas non, pleurait peu et n'était pas désagréable. Elle était grise. Et silencieuse.

Les prairies firent place aux jardins et aux maisons. Inconsciemment, elle avait réduit sa vitesse et glissait lentement le long des parterres fleuris. Ici, le sol devait être très fertile ; les narcisses étaient en pleine floraison jaune vif, les buissons et les arbustes portaient des bourgeons turgescents, l'herbe était drue et grasse. Un homme se tenait près d'une haie basse, un sécateur à la main. Derrière lui se dressait une maison basse mais vaste, au toit de chaume. Quelque chose de familier dans son attitude la fit freiner, elle s'arrêta même, maintenant son équilibre en posant un pied sur le bord du trottoir. L'homme – elle voyait son dos enveloppé dans un caban vert mousse –, debout au milieu de son domaine, leva le sécateur.

Il avait élagué jusqu'au trognon les pommiers qui se dressaient devant la maison et s'occupait à présent à retailler la haie à hauteur de hanche. Raccourcir et réduire étaient les seules tâches que Nico accomplissait parfois dans le jardin ; il pouvait, lui aussi, s'attaquer à la végétation avec un acharnement méthodique, mais il ne voulait entendre parler ni de plantations, ni de ligatures, ni de soins. L'homme aime élaguer, se dit-elle en regardant tomber les branchettes de la haie. L'homme a peur d'être lui-même coupé et circoncis, il va au-devant de l'ennemi et passe à l'attaque. L'élagage est une défense contre l'angoisse du couperet. Elle sourit. L'homme s'était retourné, comme s'il avait senti les yeux de Lou dans son dos, et la regardait. Il salua, un sourire amical éclaira son visage. Il posa le sécateur à ses pieds et vint vers elle. Il lui tendit la main par-dessus la haie mutilée. Albert, Albert Tordoir, l'homme du conseil de surveillance de Nico, le mari d'Ineke.

— Lou ! Quelle chance de te voir. Je voulais t'appeler.

Son visage s'assombrit. Brusquement elle le vit tel qu'il apparaissait sans doute dans le prétoire : sévère, juste, simple. Il avait quelque chose de perçant et de scrutateur dans le regard et elle détourna les yeux vers le jardin. Il avait des roses, lui. Ici ce n'était pas du sable, ici le sol était ferme et généreux.

— Entre donc, je vais te faire une tasse de café.

Elle poussa son vélo dans le jardin et le posa contre le garage. L'invitant à entrer, il lui tint ouverte la porte de la cuisine.

Celle-ci était moins moderne et moins rutilante qu'elle ne se l'était imaginée. Beaucoup de boiseries et des rayonnages chargés de vaisselle dépareillée. Charmant au demeurant. Sa femme était-elle encore au lit ?

— Ineke est au tennis. Elle m'a dit qu'elle t'avait parlé récemment.

Elle se rappela la femme à la tenue parfaite qu'elle avait rencontrée à la terrasse. Comment pouvait-il avoir une épouse pareille ? Mais elle se trompait peut-être et Ineke était peut-être plus gentille qu'elle ne le pensait, ou différente. Il a un visage amical. D'ailleurs, c'était effectivement un homme posé et sympathique ; elle avait été sa voisine de table, quelquefois, lors de dîners de fête de l'hôpital et s'était sentie à l'aise avec lui.

— J'ai dîné l'autre jour avec Nico. Tu es certainement au courant. C'est la raison pour laquelle je voulais t'appeler. J'hésitais. Et te voilà dans ma cuisine !

L'arôme du café commençait à se répandre. Il remplit deux tasses et s'assit en face d'elle.

— Pour parler franchement, je me fais du souci pour Nico et j'aimerais savoir si tu partages cette inquiétude. Du sucre ?

Elle secoua la tête. Que veut-il dire, que sait-il ? Elle pensa au texte qu'elle avait lu le matin, intrigues, cabale, insinuations dans les boudoirs et les bordels. Comment les courtisans essayaient de s'attirer les bonnes grâces des dirigeants et fomentaient ensuite une conjuration. Le double fond présent dans tous les événements.

Voulait-il se liguer avec elle contre Nico ? Elle devait rester vigilante et ne pas céder à ses amabilités. Pourtant elle aurait aimé abdiquer, elle le sentait à la tension de ses muscles. Laisse aller, rends-toi, raconte-lui tout.

Albert continuait à parler.

— Nous sommes très contents de lui, nous apprécions énormément qu'il relève ce défi tout seul. Bien sûr, nous savions déjà qu'il était un psychiatre très actif et énergique. Il a des idées et nous avons voulu lui donner l'occasion de les mettre en œuvre.

Bon, ils l'appréciaient, c'était bon signe, se dit-elle. Ils avaient toutes les raisons d'être contents, en effet, que Nico prenne en charge l'établissement tout entier, oriente la politique, n'élude pas les décisions difficiles.

— Mais je suis inquiet.

Albert tournait son café et ne la regardait pas.

— J'aimerais que cela se passe bien. Une nouvelle orientation, à laquelle on doit donner toutes ses chances. Nous pensons, je pense que Nico est l'homme de la situation et au bon moment, en plus. Mais… !

Pourquoi était-elle là, au juste ? Que voulait-il lui dire ? Pourquoi était-elle prête à l'écouter ? Qu'est-ce qu'elle en pensait, elle ? Quand pourrait-elle partir ?

— Il appliquait son plan de façon *très* expéditive, l'entendit-elle dire. Ce faisant, il prenait beaucoup de personnes à rebrousse-poil, le comité d'entreprise par exemple. Ces dernières semaines, Nico semblait manquer de patience, on aurait dit qu'il avait du mal à imaginer l'effet que ses projets et mesures auraient sur les autres. Dans le passé, il les avait habitués à plus de compréhension.

Donc je me suis dit : Se passe-t-il quelque chose ? Je ne devrais pas te le demander, je le sais. Je le fais quand même. Y a-t-il des problèmes ? Entre vous ? Avec votre fille ? Je suis désolé.

Lui dire que ça ne le regarde pas, pensa-t-elle, voilà ce que je dois dire. Ce ne sont pas ses affaires, il n'a pas le droit de me poser ce genre de questions. Je ne suis pas obligée de répondre. Ou bien est-ce que je mets Nico en danger dans ce cas ? Il a peut-être raison, Nico est peut-être en train de sombrer, il y a peut-être un problème sérieux. Moi, je ne lui sers à rien, je ne dis jamais rien, je n'ose pas prendre position. Je ne vis qu'à demi. Depuis qu'elle est partie. Et même avant.

— Dis donc quelque chose, dit Albert. Je t'ai fait peur ? Je te le demande en toute amitié, je suis inquiet et toi aussi sans doute. Au conseil, il s'est tellement énervé contre Jaap Molkenboer, je ne connaissais pas du tout Nico comme ça. Et quand je suis allé dîner avec lui, l'autre jour, je l'ai trouvé carrément absent. *Plus* que distrait.

Elle se sentait entraîner par une seule pensée, comme par la mer lorsqu'elle se retire : elle devait le comprendre, le soutenir, l'aider. Tel était le rôle d'une épouse auprès de son mari, voilà ce qu'il convenait de faire.

A son propre étonnement, elle se leva. Cela paraissait absolument naturel, debout derrière sa chaise, décontractée, elle prit son sac accroché au dossier.

— Tu as raison, dit-elle à l'homme qui lui faisait face, ce n'est pas à toi de me poser ces questions et je ne pourrais pas y répondre. L'hôpital, c'est ton problème, ta vie. Moi, je ne veux pas m'en mêler. Elle se tut un instant. Je suis jalouse de tes roses, elles sont resplendissantes.

Elle était déjà presque sortie, il s'était levé et l'avait suivie. Il avait le visage fermé et paraissait troublé. Elle continuait à parler et sa voix lui parut plus basse que d'habitude. Sans s'en rendre compte, elle lui avait serré la main et se retrouvait à vélo.

Nico parlait avec animation au téléphone, lorsqu'elle rentra. Son pantalon faisait des plis sur ses fesses et l'encolure de sa chemise bâillait.

En aboyant un bref salut, il jeta le combiné sur l'appareil.

— Et merde ! voilà que le management se met à faire de l'obstruction. Les gars de l'équipement en tout cas, qui veulent continuer à tirer profit de leur cuisine de luxe. Et le service recherche, ils ont un projet en cours dans un département que je vais fermer.

Il se balançait sur la pointe des pieds. L'attitude du combattant. Elle ne dit mot.

— Et le directeur formation fait des histoires à propos de la suppression de la CT. Le seul service dans lequel ses assistants peuvent encore acquérir quelques notions de psychothérapie, dit-il. C'est précisément pourquoi je veux m'en débarrasser, ça ne mène à rien ! Ils ont tout manigancé derrière mon dos, à la réunion de ce matin, il n'y a pas eu une parole discordante. Et puis on m'appelle chez moi ! Bande de lâches ! Qu'est-ce que tu dis de ça ?

Elle prit le journal. Lentement, elle leva la tête et le regarda. Son visage furieux, ses lèvres pincées.

— Si tes idées sont si bonnes, dis-moi pourquoi tout le monde s'y oppose ?

Il eut un choc. Elle le vit au raidissement soudain de ses épaules.

— Alors toi aussi, tu me laisses tomber ? Comment peux-tu dire ça, tu n'y comprends absolument rien !

— Mais je ne dis rien, fit-elle calmement. Je ne te laisse pas tomber non plus. Je pose seulement une question. C'est tout.

Elle ouvrit le journal. Les lettres noires des manchettes dansaient devant ses yeux. Pour la deuxième fois de la journée, elle avait en face d'elle un homme réduit au silence. Il comptait sur du sable bienveillant, mais s'était brisé sur une digue de basalte. Regardez-le un peu maintenant, se dit-elle. Désorienté, embarrassé parce qu'elle réagissait autrement qu'à l'accoutumée. Elle avait conscience de l'intensité des battements de son cœur, le journal bruissait entre ses mains tremblantes. Que se passait-il ? C'était comme s'ils dansaient sur un terrain inexploré.

— Alors explique-moi encore une fois, dit-elle doucement.

Il resta debout et baissa le regard vers elle en soupirant.

— Le nœud du problème c'est l'illusion de la guérison. Voilà pourquoi on parle d'hôpital à propos de l'institution, pour donner l'impression qu'il existe de véritables maladies qui peuvent être traitées et guéries. C'est parfois le cas, mais la plupart du temps, non ; et si on a l'espoir d'une guérison, on est toujours déçu, pour sombrer finalement dans l'amertume et l'incertitude. Toute cette bande de l'empathie et de la compréhension part du principe qu'on peut dresser un tableau complet d'une personne. Vous lui montrez ce tableau, vous le lui expliquez – aux points de vue historique, génétique, dynamique – avec toutes les peines du monde, vous y apportez des modifications et la guérison s'accomplit. Une fable, une illusion, un mensonge. La clique des thérapeutes veut voir les choses comme ça et les voit donc comme ça, mais c'est un non-sens. La plupart des maladies dites psychiatriques sont incurables. On est impuissant, on ne peut rien faire. C'est pourquoi il ne faut pas le vouloir. Les gens devraient utiliser un peu plus leur raison. Surtout les médecins.

— Tu exagères. Ça ne peut pas être aussi simple. Qu'y a-t-il de mal à essayer de comprendre ?

Tout en parlant, elle pensait : Ne dis rien, tais-toi, laisse-le causer. Elle plaça les pieds l'un à côté de l'autre sur le sol, croisa les bras sur sa poitrine et serra les lèvres.

— Tout ! rugit-il. Tu veux un exemple ? Prenons la stérilité, une femme qui ne peut pas avoir d'enfants. Faut-il comprendre cette situation, la ressentir, l'analyser d'un point de vue psychodynamique ? Ça ne peut qu'augmenter le malaise et ça ne guérit absolument rien. La seule chose à faire : mettre à plat ses options et établir un plan d'action. Fécondation *in vitro*. Implantation d'un embryon. Remplir des formulaires d'adoption. Bref, des actes, des démarches, du travail. Les gens se complaisent dans leur impuissance alors qu'un seul changement de perspective suffit pour reprendre le contrôle de la vie.

Elle regarda les mains de Nico, ses mains puissantes aux jointures marquées et aux veines saillantes. Aux ongles nets et coupés court, on reconnaissait le médecin. Les psychologues avaient souvent les ongles trop longs, bordés de noir. Cela ne m'atteint pas, pensa-t-elle, il ne parle pas de moi, il parle de lui. Je ne veux pas que ça me touche. Moi, je ne suis que spectatrice.

— Je voudrais supprimer l'hôpital, dit-il. Après mon directorat, il ne devra plus rester qu'un service d'urgences où les personnes psychotiques ou dépressives pourront être mises sous traitement médicamenteux. Deux mois tout au plus. Ensuite, elles iront dans des résidences ou des ateliers en ville. Ou ailleurs. Le site de l'hôpital deviendra un parc.

Sa voix était blanche et contenue. Tout en lui s'était durci ces derniers temps : ses muscles, son visage, ses yeux.

Un étrange changement s'était produit dans son allure, dans ses propos. Ce qu'il disait était logique mais en même temps absurde. Elle pensa à la rupture d'une digue, elle se dit que, par une journée lumineuse, une barrière herbeuse ensoleillée pouvait s'effondrer et disparaître d'un coup parce que le substrat sablonneux s'était mis en mouvement et avait été emporté par l'eau. Le sable trompeur.

— Ce n'est pas que je déteste mon travail ou que j'aie l'hôpital en horreur. Je veux de l'efficacité. Supprimer les choses superflues et vaines. Les administrateurs aussi, ils peuvent plier bagages ; ce qu'ils passent leur temps à inventer, ça n'avance personne. Ils n'ont la sensation de travailler que s'ils changent tout et embrouillent tout. On n'a pas besoin de ça. Je vais encore faire un tour à vélo.

Elle le vit emprunter la piste cyclable avec ses jambes nues et sa casquette d'adolescent. Elle avait mal au ventre et une sensation nauséeuse d'obstruction derrière les yeux. Elle resta assise sur le canapé, les mains sur les genoux, tandis que le soir tombait.

Dehors, la sombre montagne de terreau attendait, immobile comme elle. Maintenant que le tumulte des propos de Nico avait disparu, plus rien ne bougeait. Il avait émis des considérations professionnelles et cité un exemple médico-scientifique. Elle réagissait comme si elle avait été tabassée et jetée à terre à coups de pied. Cela venait-il d'une langue déstructurée ? Non, ce n'était pas la langue, mais la relation entre la langue et son objet, qui était déstructurée. Il voulait dire quelque chose, elle l'avait mal interprété. Si elle avait pu entendre le message d'une autre manière, elle n'aurait pas eu de problème. Et cette interprétation, c'était à elle d'en décider. Malheureusement, ce n'était pas vrai. C'était beaucoup plus compliqué. Il disait une chose mais voulait en dire une autre, dont il n'avait peut-être pas conscience lui-même. Elle ne décidait de rien du tout, elle n'avait aucun pouvoir. C'était sa propre faute, c'était sa langue à elle qui s'était écartée des règles communes, c'était elle la responsable.

Il lui manquait, l'homme, le garçon qui lui avait fait partager ses ambitions, mais dont la joie et l'angoisse avaient disparu, peut-être depuis plus de vingt ans déjà. Elle avait posé la main sur sa joue, embrassé ses lèvres fermes quand il sortait pour aller au cours hebdomadaire du professeur haï. Elle avait connu ses pensées, ses sentiments. Il lui manquait.

Elle ouvrit doucement la porte de la troisième chambre. Sans allumer la lumière, elle écarta les rideaux jaunes pour faire entrer le crépuscule. Elle se tint au milieu de la pièce et regarda autour d'elle. L'armoire contenant les livres pour enfants. Tout en haut, les rayonnages garnis de jouets. Le petit bureau où le nom était profondément gravé. La garde-robe fermée. Le lit étroit. Il n'y avait rien au mur. Aucun désordre. Elle gardait les pieds strictement placés l'un à côté de l'autre et sa respiration était superficielle. Elle était une touriste prise en faute dans le musée de l'enfant.

Dans le couloir, dans l'escalier, elle retrouva l'usage de ses muscles et de tout son poids. Elle descendit en martelant les marches et se mit à ranger son bureau à grands gestes. Elle jeta les formulaires de l'école sur la table et disposa en petits tas devant elle les relevés de compte et les factures. Lorsque Nico rentra, elle s'affairait à remplir des ordres de paiement. L'heure du repas était passée sans qu'elle s'en aperçût, elle n'avait pas faim et il ne parla pas non plus de dîner. Le temps, c'est le lieu, se dit-elle. Si nous étions dans la cuisine, ce serait le moment de manger. Pourtant, quand je suis dans sa chambre à elle, le temps de l'enfance reste inaccessible. Je dois cesser de penser, je dois m'occuper de ce qui se présente : les factures. Elle entendit vaguement, au-dessus d'elle, le fouettement de la douche, peu après, elle nota qu'il redescendait l'escalier, venait vers elle et se plantait derrière sa chaise.

— Tu t'en sors ?

Elle se tourna et le regarda.

— Non, dit-elle. J'ai une facture énorme du Garden Center et je n'ai plus assez d'argent sur mon compte pour la payer. Tu ne pourrais pas le faire, toi ?

Il acquiesça d'un signe de tête et alla à la fenêtre. Regardait-il la montagne de terre ? Observait-il son reflet dans la vitre noire ?

— Comment se fait-il que tu n'aies plus d'argent ? Je veux bien la payer, tu sais, mais je ne comprends pas bien. Où est passé ton salaire ?

C'est maintenant, se dit-elle, c'est maintenant que je dois le dire.

— Je l'ai donné.

Complètement stupide. Une déclaration aussi maladroite, aussi naïve. Donné. Comme si elle parcourait les rues avec un sac d'espèces sonnantes pour les distribuer aux clochards.

— J'ai payé le jardinier, dit-elle. Elle s'efforça de rendre sa voix ferme et convaincante.

— Combien ?

— Vingt-cinq mille.

Maintenant, il va se fâcher. Il va s'étrangler de rage, il va me traiter de tous les noms, la pire des abruties, il va se détourner de moi.

Mais il se mit à hurler de rire. Tout en s'esclaffant, il se frappait les genoux et des larmes jaillirent de ses yeux.

— Le jardinier ! L'heureux jardinier !

Il s'affala sur une chaise et mit les bras sur la table. Il y posa la tête. Ses paroles sortirent entre hoquets et halètements.

— Merveilleux. J'espère que tu en profites. Le jardin. Ça coûte une fortune, mais, au moins, on a quelque chose à soi.

Son calme retrouvé, il se releva. Il la souleva et la prit dans ses bras.

— Ma petite Lou. Tu es vraiment imprévisible. Indépendante. Quelles bonnes décisions tu prends. Je t'aime, sincèrement.

La joie explosive de Nico la fit sourire bien qu'elle fût loin de se sentir heureuse ; les mimiques de son propre visage semblaient l'inciter peu à peu à la gaieté – peut-être était-elle soulagée d'avoir échappé à la colère attendue, peut-être cela lui faisait-il du bien de l'entendre rire à nouveau ; elle n'en savait rien et, d'ailleurs, ça n'avait pas d'importance. Riant à gorge déployée, ils tournoyaient ensemble à travers la pièce, lui criant sans cesse : "Le jardinier, le jardinier" et elle, en réponse : "Vingt-cinq mille florins !"

Ils s'accrochaient l'un à l'autre, désespérés, pensa-t-elle un instant, non : joyeux, soulagés, pleins d'espoir.

Ils s'arrêtèrent au bas de l'escalier. Il l'embrassa, ils montèrent en se tenant par la taille. Ne pas regarder cette porte, cette porte fermée, continuer jusqu'au lit, s'y affaler toujours secouée par les rires, sentir le poids de l'homme, unir le corps de celui-ci au sien, tendre ses bras, ses jambes, son ventre vers ce corps lourd, ce corps funeste et ardent, qui la possédait sous ses propres yeux.

Il dormait. Le rire avait quitté son visage, faisant place à une expression furieuse, amère. Il était couché sur le dos, la tête au milieu de l'oreiller, les poings serrés sur sa poitrine. Elle glissa la main sous les siennes et se blottit le long de son flanc. Elle approcha sa tête de celle de Nico, touchant presque de ses lèvres le pavillon de son oreille.

— Ce n'est pas vrai, chuchota-t-elle. Ce n'était pas pour le jardinier. Pourquoi aurais-je donné tant d'argent à ce garçon, ça n'aurait aucun sens. Il ne m'aide pas seulement au jardin, c'est un messager. Il me rend service. Il connaît Maj.

Elle attendit un instant, mais il ne réagit pas. Sa respiration restait régulière, rien ne changeait dans son attitude, les paupières étaient lisses au-dessus des joues.

— Il a pris l'argent pour elle. Pour qu'elle puisse verser une caution pour un logement, faire des achats, vivre. Il n'en parle jamais, je ne lui demande rien, je lui remets l'enveloppe, il fait un petit signe de tête et l'empoche. Je donne de l'argent à ma fille, notre fille. Comme toutes les mères. Voilà.

Nico ronflait. Soudain, il se retourna et passa un bras autour d'elle.

— Le jardinier, dit-il, la langue pâteuse, tu parles du jardinier !

Il ricana et la serra plus fort contre lui.

— Oui, dit-elle, oui.

VI

Il enfonça le bouton du chronomètre en tournant pour franchir le portail. Cinq secondes de plus qu'hier. Merde. Ses mollets lui semblaient en bouillie et il était à bout de souffle. Sa nouvelle voiture métallisée luisait paisiblement sur le parking. Il était vraiment timbré de s'éreinter ainsi sur un vélo ! Nul autre ne se laisserait priver du plaisir de rouler dans une voiture aussi prestigieuse. Son maillot était trempé et il ressentait une douleur sourde dans le dos. Continuer, ne pas abandonner. Il fallait que le corps s'habitue ; lui, il ne devait pas céder, mais poser ses conditions avec calme et détermination, jour après jour. La main sur la selle étroite, il rentra le vélo en passant devant la loge du portier, où un homme portant de grosses lunettes regardait fixement un écran, bouche ouverte.

— Bonjour !

L'homme tourna le visage vers Nico et fit mine de dire quelque chose. Nico n'attendit pas et laissa la porte de verre se refermer derrière lui. Il posa son vélo dans la petite cuisine inutilisée située à l'entrée du couloir et se hâta vers son bureau. La porte était ouverte. Etrange. Alice était peut-être en train de ranger sa table de travail. Mauvaise initiative ! Vite une bonne douche, il se sentirait mieux après. En approchant, il entendit du brouhaha. Les femmes de ménage étaient encore là ? De la fumée de cigarette lui parvint, ce qui le mit en rage, il ne voulait pas qu'on fume dans le bâtiment principal et il l'avait clairement fait savoir. Il inspira profondément, prêt à exhaler sa colère, et entra dans son bureau.

De stupéfaction les mots restèrent bloqués dans sa gorge. La pièce était remplie de gens, vingt-cinq personnes au moins, estima-t-il rapidement. Ils étaient adossés aux bibliothèques, assis sur le bureau, sur les appuis de fenêtre, sur le sol. Ils fumaient des cigarettes qu'ils avaient roulées et mâchaient du chewing-gum. Des jeunes, les uns semblant souffrir le martyre, d'autres visiblement surexcités, mais tous tendus et contrariés.

Les conversations s'arrêtèrent mais personne ne le regarda. Un garçon au corps énorme était juché sur le home-trainer, sa tête rougeaude penchée sur les cadrans.

Nico resta planté, silencieux, dans l'embrasure de la porte, avec la conscience douloureuse de ses jambes nues et de la casquette sur sa tête. Enfin, une femme d'une trentaine d'années descendit du bureau où elle s'était hissée. Elle secoua ses cheveux, joignit les mains derrière le dos et se mit à parler en levant le menton.

— Ceci est une occupation. La voix était quelque peu enrouée. Elle se racla la gorge et reprit : Nous avons occupé votre bureau. Nous ne partirons pas tant que nos revendications ne seront pas satisfaites. Nous voulons le maintien de la communauté thérapeutique. Elle est indispensable. Nous voulons rester dans le pavillon. Halte à l'arbitraire et au démantèlement des installations. Nous exigeons la continuité.

— Conseil des clients, chuchota un garçon assis sur le bureau.

— Nous avons informé le conseil des clients, ils nous soutiennent. Jos ici présent en fait d'ailleurs partie. Nous trouvons la situation tellement grave que nous avons décidé de passer nous-mêmes à l'action. En tant que patients de la CT. Et de la policlinique.

Le garçon mit un papier dans les mains de la femme.

— Nous vous remettons une lettre contenant nos revendications. Nous voulons rester. Non à la suppression ! Non à l'exclusion ! Vive la CT !

De timides acclamations s'élevèrent. La femme tendit la lettre à Nico. Il ne fit aucun geste pour la prendre mais continua à observer le groupe en silence. L'homme assis sur le home-trainer regarda sa montre.

— Je dois aller en thérapie, dit-il. Je serai de retour dans une petite heure.

Il gagna la porte maladroitement, en bousculant ses camarades occupants.

Nico remarqua les baskets crasseuses, le pantalon taché, le gros visage bouffi et sentit monter en lui une colère glaciale. Regardez-les assis là, pensa-t-il, trop froussards pour se fâcher, pleins de rancune mais incapables de se venger, pleins de griefs mais inaptes à les exprimer d'une manière adulte. Des enfants bien trop grands, bien trop peu sûrs d'eux. Dans leur audace, ils s'étaient introduits dans son bureau, probablement excités par leurs thérapeutes, cette bande de lâches qui bien entendu attendaient en sécurité la suite des événements dans leurs salles de consultation. Des enfants dans la trentaine, trop stupides pour percer la stratégie de leurs soignants, qui se laissaient abuser avec enthousiasme, qui avaient posé sur son bureau leurs derrières de fainéants et manipulé ses papiers de leurs doigts nerveux. Qui laissaient tomber sur *sa* moquette leurs cendres dégueulasses.

Le gros garçon voulait sortir, mais Nico, qui se tenait dans l'embrasure de la porte, ne se retirait pas.

— Je peux passer ? Il faut que j'aille en thérapie.

Il sentit l'odeur aigre des vêtements sales. Avec une base amère : la sueur de l'angoisse. Pourquoi n'avait-il en cet instant aucune pitié pour le garçon, un patient, de surcroît ; pourquoi sa colère grandissait-elle de minute en minute, pourquoi devait-il prendre sur lui pour garder les mains immobiles sur le chambranle ? Ils doivent s'en aller, pensa-t-il, il y a longtemps qu'ils auraient dû le faire. Les enfants doivent quitter la maison, partir, organiser leur propre vie et ne pas se demander avec anxiété si leurs parents se fâcheront s'ils désobéissent. Ne pas s'asseoir par terre en suppliant de pouvoir rester ! Qu'ils partent, loin du site, en ville !

Sa main tremblait lorsqu'il lâcha le chambranle. Il fit demi-tour et s'en alla.

Il se mit en route en marquant le pas. Le contact du sol dur lui faisait du bien. Il marcha de plus en plus vite, jusqu'à atteindre le rythme familier de la course, régulier et maîtrisé, qui le mena au pavillon abritant la CT. C'était une fuite. Ses jambes lui avaient clairement fait comprendre qu'il devait quitter son bureau occupé. Mais pourquoi ? Il était psychiatre, il savait comment s'y prendre avec un groupe de personnes anxieuses, instables, excitées. N'est-ce pas ? Il avait appris comment procéder, comment se comporter. Or, il ne l'avait pas fait, il avait pris la fuite. Devant le mécontentement mou qui montait du groupe ? Mais non. Devant le désir intense et évident non seulement d'insulter sans retenue et d'humilier sans pitié le gros garçon qui s'était perché sur son vélo d'appartement, mais encore de le démolir réellement à coups de pied, de lui arracher les bras, de lui écraser les doigts, de lui enfoncer les yeux. Le désir d'extermination des désespérés, voilà ce qu'il fuyait. Cette pulsion, il la sentait dans ses muscles, elle était la force avec laquelle ses pieds frappaient en ce moment les pavés. Le tortionnaire en lui, c'était le docteur. Un vent froid et impétueux soufflait.

A travers le balancement des cimes des arbres, il aperçut le bâtiment peint en couleur sable vers lequel ses pieds le conduisaient. Il réduisit sa vitesse, contrôla sa respiration, raccourcit son pas.

Jaap Molkenboer se tenait devant l'entrée, une pipe aux lèvres ; il eut un regard surpris lorsque Nico s'approcha. Il fixa les jambes nues, les chaussures de sport étroites, le maillot trempé de sueur et haussa les sourcils d'un air interrogateur.

— Tu n'y vas pas un peu fort avec ton régime de santé ?

— Pauvre con, dit Nico. Lâche. Mettre cette bande de minus dans mon bureau tout en restant toi-même à bonne distance. Tu ne manques pas d'air !

Le visage étonné devint lisse et inexpressif. La pipe fut vidée contre le mur. Tic, tic, tic.

— C'était une décision autonome de l'ensemble des patients. Ils s'opposent unanimement à ta politique. Nous aussi, tu le sais, mais nous avons nos propres canaux. Non que cela ait beaucoup fait avancer les choses jusqu'à présent, mais cela dépend de toi. Une simple main tendue aurait suffi. Si tu avais dit : OK, nous allons nous concerter, fixons une date. Entre collègues. En adultes. On n'aurait pas été obligés d'en arriver là. Je te l'ai déjà dit : tu démolis l'établissement et je n'arrive pas à comprendre pourquoi. Tu ne donnes pas l'impression d'être masochiste. Ces tendances destructrices, c'est une énigme pour moi. Dommage que tu n'aies jamais été en analyse.

— Espèce de gros cul hypocrite ! Tu crains pour ton poste et tu envoies cette petite armée de paumés pour te défendre. Faux jeton !

— Cette discussion n'a pas de sens, dit calmement Molkenboer. Tu es perturbé, tu devrais peut-être prendre un peu de congé. Je ne te cacherai pas que cela me fait de la peine, d'abord la suppression du centre de crise et, maintenant, la fermeture de la CT. Pour la première, il y avait peut-être une nécessité économique, pour la deuxième, je ne vois que des raisons personnelles. Le traitement psychiatrique qui n'a pas pu aider ta fille, tu le refuses aux autres aussi. Je regrette, mais c'est ma façon de voir les choses.

Un geste bref d'une force énorme. Un craquement étouffé, un cri saccadé, une chute sourde. Molkenboer gisait en sang sur les pavés, la main devant le nez.

— Conseil de surveillance, chuchota-t-il, saisir les prud'hommes, immédiatement. Intimidation, maltraitance, mal, mal...

Bulles roses entre les doigts. Silence. Nico regarda avec stupéfaction la forme recroquevillée et poussa du pied la pipe fêlée dans les fourrés. La tête lui tournait un peu. A pas comptés, il battit en retraite, les fines semelles de ses chaussures rasant les pavés. Il fut pris de vertige. Il devait s'asseoir. Dans un endroit où personne ne pouvait le voir, là, derrière l'atelier du jardinier, non, ici, dans le bosquet, sur un tronc d'arbre, une souche, ou alors par terre, sur le sol collant au relent de moisi. Il blottit son dos contre un arbre et ramena les genoux sous son menton.

Au début, il n'éprouva rien, sinon un léger sentiment de triomphe, pour avoir envoyé Molkenboer au tapis, probablement suscité par une douleur lancinante à la main droite. A son grand étonnement, il rit aux éclats. Sa propre voix l'effraya. Qu'est-ce qui l'avait donc tant fait rire hier ? Lou et le jardinier. La rémunération exorbitante des services de celui-ci. Quels services au juste ? Elle ne le payait tout de même pas pour autre chose que ses connaissances en pédologie ! Quel âge avait ce garçon ? Il aurait pu être son fils. Non, ce n'était pas possible. Ou bien si, mais ce n'était pas grave. Sa femme avait-elle une liaison avec son jardinier, qui en était grassement rémunéré au noir ? Il ne pouvait le croire. Lou n'aurait jamais fait une chose pareille. Lui, si. Après l'incendie. Après l'holocauste du patient Van Raai. Mais c'était différent. Les femmes ne faisaient pas ces choses-là. Lou et lui étaient des copains. Tout ce qu'ils avaient traversé ensemble était si important, si particulier – on ne pouvait le partager avec un autre. Pas elle. Ce secret glacé dont ils ne parlaient jamais leur appartenait à eux seuls. Il l'avait toujours pensé. Absurde sans doute. Le gynécologue le savait. L'urologue. Le centre d'adoption. Ce fayot de Molkenboer semblait savoir qu'il y avait des problèmes. Qu'il y avait eu des problèmes. Avec qui Lou parlait-elle ? Elle ne parlait pas. Pensait-il. Elle s'était assise à une terrasse avec Ineke Tordoir. Albert l'avait traité sur le mode paternaliste et allusif. Etaient-ils donc tous au courant sans qu'il s'en soit rendu compte ? Il n'était tout de même pas fou. Il avait l'habitude d'observer, son aptitude à décrypter les faits était parfaitement au point. Albert le soutenait, Molkenboer craignait son patron, Lou lui était fidèle. Voilà les faits. Quand tout cela serait terminé, ils devraient à nouveau prendre de vraies vacances ensemble, se promener dans les montagnes, solitaires, purs, dans l'air léger. Vingt ans auparavant, ils avaient marché en altitude dans les Pyrénées, en silence, coltinant sur leurs épaules, tels des sacs à dos de plomb, leur désillusion et leur désespoir. Du versant nord escarpé de la montagne, un énorme bloc de glace s'étendait des centaines de mètres en contrebas ; c'était la glacière d'un arrière-pays torride. Il avait lu dans un guide de promenades que, autrefois, les porteurs de glace partaient du pied de cette montagne pour apporter la fraîcheur aux palais de Foix, de Pamiers, et de Toulouse. Ils attachaient les carottes extraites du glacier sur leur dos, protégé par une peau de mouton, et se mettaient en marche. Que ressentaient-ils alors, à quoi songeaient-ils en chemin, comment tenaient-ils le coup ? Exactement comme Lou et lui, courbés sous un fardeau froid qui, à chaque kilomètre, pesait un peu plus sur leur moelle épinière. Il avait compté : autant de pas jusqu'à ce croisement, autant jusqu'à la prochaine rivière. Il s'était fixé des objectifs et les avait atteints. Maîtrise. Energie. Mais elle ? Etait-elle bien restée juste derrière lui, marchant docilement dans ses pas ?

Ou avait-elle laissé fondre sa charge glacée, avait-elle rejeté la peau de mouton trempée et malodorante et était-elle partie en sautant entre les rochers avec un jeune berger ? Etait-il seul ?

Soudain, il eut froid. Tout devint noir, un moment, devant ses yeux, lorsqu'il se leva trop rapidement. L'odeur de feuilles pourries le rebutait, cette pause sans but lui avait donné mal au cœur et ses vêtements humides et collants le dégoûtaient. Lentement, il se rendit à son bureau.

— Ils sont tous partis très calmement, dit Alice lorsqu'il entra dans la pièce. Elle traînait derrière elle un lourd aspirateur.

— J'ai nettoyé un peu, c'était un vrai souk. Maintenant, c'est à nouveau nickel.

— Merci, dit Nico.

Il se précipita vers la salle de bains et ferma la porte derrière lui. Eau. Chaleur. Il laissa le jet fouetter son dos glacé. Longuement.

Les cheveux mouillés, il s'assit à son bureau et tira à lui son agenda. Alice entra, un paquet de fax à la main.

— Les pompiers n'ont pas encore rouvert l'accès. L'enquête n'est pas terminée.

Elle tapota ses dents avec un bic.

— Si j'appelais l'architecte ? Sinon, il viendra pour rien, cet après-midi. Et l'inspection a téléphoné, ils veulent un entretien à court terme. Au sujet de l'incendie. Les experts de l'assurance sont venus ici hier. Ils ont été guidés par le service communal. Vous allez à l'enterrement du patient Van Raai ? On a prévu une couronne. On s'est demandé si vous vouliez prononcer un petit discours.

— Arrête un peu, Alice, dit-il en soupirant. Qu'est-ce qui m'empêche d'aller sur les lieux de l'incendie avec l'architecte ? Et sinon, ce sera pour quand ? Cet homme s'est dépêché de faire un projet, je veux aller de l'avant. Tu vois une équipe de recherche des pompiers, toi ? Pas moi. Nous, nous devons retarder nos projets et eux, ils ne font rien. Arrange ça, veux-tu, appelle le commandant des pompiers, appelle l'architecte, prends un nouveau rendez-vous. A condition que ce soit vite.

— Le directeur formation veut aussi vous rencontrer, de préférence tout de suite. Ça pourrait être cet après-midi avant que vous alliez au bureau de soins.

Il se frotta les yeux, étendit les jambes, repoussa l'agenda. Pendant toute la journée, il allait devoir écouter des voix réprobatrices et suspicieuses, se contenir, reporter ses projets aux calendes grecques, se maîtriser, se concentrer sur ce qui était faisable, présenter des excuses, se mettre en quatre pour les amadouer – non. Impossible. Il ne pouvait pas.

— Annule tout, Alice. J'ai d'autres plans.

— Mais comment faire ? Tout le monde veut vous parler !

— Une secrétaire de direction, ça sait comment faire. Et la secrétaire, c'est toi.

Il se leva et passa devant elle avec un bref sourire. Le téléphone sonna dans le bureau d'Alice, voisin du sien. Essoufflée, elle décrocha, penchée inconfortablement au-dessus de la table.

— Oh ! monsieur Tordoir, oui il est là, je vous le passe !

Nico secoua la tête en faisant de la main un geste de refus, tout en s'engageant dans le couloir. Il continua à entendre le papotage désemparé de la secrétaire jusqu'au moment où la porte de verre se rabattit derrière lui.

Il était mal compris, accusé et traqué par des personnes qu'il considérait comme des collaborateurs neutres, voire bienveillants. Abandonné et trahi par son ami, son enfant, sa femme. Allons, pas de mélo, se dit-il, on peut s'adapter à tout. Deux questions : quelle est la réalité et que peut-on faire ? C'est sur cette base qu'on dresse le bilan des possibilités.

Les exercices cérébraux avaient un effet libérateur. On le voit bien, pensa-t-il, le désespoir n'a aucun sens, c'est une charge inutile. J'ai envie de sortir du terrain un instant. D'aller boire une bière au village. Il se mit en route vers le centre de la localité, sur la piste cyclable qui longeait l'autoroute encombrée. Les klaxons des vélomoteurs lui faisaient faire des écarts, de lourds camions chargés de fleurs lui crachaient un gaz pollué au visage. Poursuivre. Compter les pas. Connaître le but.

— Docteur ! Docteur !

Une forte femme se tenait sur la petite bande herbeuse qui séparait la piste cyclable de la chaussée. Elle portait un pull taché, une jupe à plis qui tombait de travers et ses pieds étaient nus dans ses pantoufles. Elle serrait contre sa poitrine un grand panier de jonc. Derrière les verres de lunettes épais, il vit des yeux amicaux.

— Madame Van Overeem ! Où allez-vous ?

— Je veux traverser. Je cherche le trottoir.

Deux cyclistes lancés à fond de train effleurèrent le postérieur de Mme Van Overeem.

— Ils vous font peur. On n'a pas le droit de marcher ici, dit la femme.

D'un pas décidé, elle s'engagea sur la route, sans lever les yeux ni se retourner. Nico la saisit des deux mains par le bras et la tira énergiquement à lui. Le corps pesant oscilla, tomba contre lui, le déséquilibra.

— C'est sûrement interdit, dit la femme. Elle lui lança un regard dépité.

— C'est interdit de traverser ici, dit-il avec colère. Vous ne faites pas attention.

— Mais j'ai des courses à faire ! Pour le service ! Il n'y a plus de lait pour le café ! Qu'est-ce qui va se passer, hein, si je ne le fais pas ? Docteur des projets ?

— Du calme maintenant, nous trouverons bien une solution.

Il la prit fermement sous le bras et essaya de lui faire faire demi-tour. Inébranlable, la femme refusait de bouger. Elle continuait à regarder fixement l'autre côté de la route.

— Madame Van Overeem, ils vous attendent. Avec le café. Nous devons y aller.

— Le lait condensé !

— Je vous en donnerai. Si vous acceptez de venir avec moi. Je vous en prie.

Il sentait que sa détermination la quittait. Elle avait des auréoles de transpiration sous les bras, il huma l'odeur acide avec dégoût et curiosité. Lentement, ils retournèrent vers le portail. Tout début est difficile, pensa-t-il ; que les patients soient responsables de leur cadre de vie, d'accord, mais qu'est-ce qui a pris Erik de lancer cette femme ainsi sur l'autoroute ? Non, depuis l'incendie, Erik est chez lui, sous le choc. Il faut organiser un symposium sur la conception des programmes progressifs, sinon tout le monde fera n'importe quoi.

Cela n'avançait pas. Les pantoufles traînaient sur l'asphalte et il avait toutes les peines du monde à maintenir sa compagne de route dans le droit chemin. Chaque fois qu'il regardait de côté, il apercevait son visage déformé par un rictus qui ressemblait à un sourire. Elle avait la bouche légèrement ouverte et bavait un peu sous l'effort. Il y avait encore un bon bout de chemin jusqu'au portail.

Il allait intenter un procès à ce jeune jardinier. Fraude, extorsion de fonds, imposture ? Le bon avocat qui siégeait au conseil de surveillance pourrait certainement l'aider dans cette affaire. Récupérer son argent, c'était bien le moindre de ses droits. Et Lou, elle aussi devait être rappelée à l'ordre. Une conversation, ce soir. Ou plutôt non ? Mieux valait ne pas en parler, chercher les suçons dans son cou, les petits billets dans le tiroir de son bureau. Il sentait le sang lui monter à la tête. Qu'elle se commette avec cette nullité, un don Juan de salle de sports, un vulgaire escroc. Et lui, il devait certainement s'estimer heureux qu'elle prenne sur elle de s'occuper de ce putain de jardin. Le niveler au bulldozer et puis déverser du gravier partout, voilà ce qu'il allait faire. Passer aux actes. Ces reproches non exprimés le rendaient malade comme un chien. Lorsque, par nervosité ou manque injustifié de confiance en soi, une enfant menaçait de rater son examen final, un père avait le devoir de prendre des mesures. Pas vrai ? En plus, il était orfèvre en la matière. Offrir une structure et poser des conditions, voilà ce qui guérit les personnes instables. Qu'elle ait mis ses affaires dans un sac de sport et disparu, il n'y pouvait rien. Lou n'avait fait aucune autre proposition, elle pouvait être contente qu'il soit intervenu. Qu'aurait-il dû faire d'autre ? Cette résistance passive, cette morosité, cette soumission au sort, il en avait assez. Se faire consoler par le jardinier, contre paiement de fortes sommes d'argent – comment était-ce possible ? Il avait dû la tripoter dans la petite remise, de ses bras musclés. Un corps plein d'hormones. Flatté qu'une femme de cet âge aux hanches encore appétissantes soit attirée par lui. Répugnant.

Lorsque, traînant les pieds, ils eurent franchi le portail, Mme Van Overeem revint à la charge sur le sujet du lait.

— Je ne peux pas revenir sans. C'est la nouveauté. Je dois le faire moi-même.

— Ça suffit maintenant, dit-il d'un ton bourru. Le lait condensé est très mauvais, il fait grossir. Nous allons le supprimer de l'alimentation. Dites-le à votre gestionnaire de soins. C'est dégoûtant, en plus.

Mme Van Overeem, qui semblait complètement perdue, menaçait de rester plantée là. Nico la saisit à nouveau par le bras et se mit à la tirer avec force.

— Regardez, voilà déjà votre pavillon. Nous allons discuter cette question, venez.

— Mais non, ce n'est pas du tout là que j'habite, dit la femme, surprise.

— Si, si, depuis l'incendie, vous habitez là. J'en suis sûr.

— Oui, du feu partout, c'était affreux ! dit-elle. Elle éclata en sanglots.

Nico fit signe à une silhouette qui se trouvait derrière la porte du pavillon. Il vit un bras lui répondre, le désespoir le gagna. Allons, viens, pensa-t-il, viens s'il te plaît ! A ce moment, la porte s'ouvrit et Eva sortit. Il poussa un soupir de soulagement.

Ensemble, ils portèrent la patiente survoltée vers la salle de séjour.

— Comment vas-tu ? demanda Eva. Tu n'as pas l'air bien, je peux faire quelque chose pour toi ?

— Fais plutôt quelque chose pour tes patients, dit-il brutalement. Veiller à ce qu'ils ne s'échappent pas, par exemple. Je l'ai cueillie sous une voiture.

Il plaça Mme Van Overeem à table, où quelques patients se balançaient d'avant en arrière, le regard fixé au loin. Personne ne fit de commentaire sur le retour de la fugitive, personne ne s'enquit du lait condensé.

Eva se dirigea vers le petit bureau et ôta sa blouse. Il resta dans l'encadrement de la porte à la regarder.

— Tu peux faire quelque chose pour moi, dit-il. Viens avec moi. Il faut que je sorte, que je m'en aille, j'étouffe ici.

Sans dire un mot, elle le suivit dehors.

Il tapota sa veste. Bon, il avait son portefeuille. Eva était déjà montée. Il sortit rapidement la voiture du parking, évitant de regarder du côté de l'entrée du bâtiment principal d'où Alice, furieuse, pouvait sortir d'un instant à l'autre, où Albert était peut-être déjà arrivé pour le licencier, la police pour l'arrêter pour maltraitance, les pompiers pour porter plainte contre lui. L'énorme puissance du moteur l'enivra et il quitta le site en conduisant sa voiture comme un tank.

Une fois sur l'autoroute, il augmenta l'allure et choisit la voie de gauche, dépassant facilement camions et petites voitures colorées comme des jouets.

A travers le pare-brise fumé, le ciel semblait d'un gris blanchâtre et cru, comme si le printemps ensoleillé du matin avait disparu. La climatisation dispensait un air agréablement frais. Il ne baissa pas les vitres, il voulait que la voiture soit un domaine clos, sans influence extérieure, avec ses propres lois. Tout comme il attendait de ses patients qu'ils se placent hors de leur maladie, qu'ils cessent de chercher un contexte et des explications et s'orientent uniquement vers un sain emploi du temps et des occupations bénéfiques, ainsi lui-même, en cet instant, renonçait-il à réfléchir pour se concentrer sur les quelques mètres cubes de la coquille argentée de la Volvo. L'enfant fugitive, l'épouse infidèle, le jardinier débauché et les traîtres qu'il avait considérés comme des collègues, il les laissait un peu plus loin derrière lui à chaque kilomètre libérateur. Leurs méfaits, leur réprobation et leur colère s'évaporaient, perdant leur caractère menaçant et leur signification. Si on voulait, on pouvait contraindre ses pensées à se maintenir dans les limites rassurantes de l'utile et du faisable. Il suffisait de le vouloir avec assez d'intensité.

Il sentait la fraîcheur du siège de cuir à travers le tissu léger de son pantalon d'été. Excepté un faible murmure, le silence régnait dans la voiture. Pas de musique. Sans le moindre effort, son pied reposait sur la pédale d'accélérateur, sa main sur le volant, sa tête contre le dossier. Rien ne refusait de servir, rien ne renâclait, rien ne coinçait.

Il regarda de côté et aperçut le profil d'Eva. Un visage lisse, parfait, observant attentivement le paysage. La jupe grise, sans faux plis, découvrait les genoux bronzés. Elle avait posé ses chaussures soigneusement l'une à côté de l'autre sur le sol et appuyait ses pieds nus contre la planchette de lecture. Elle paraissait calme et satisfaite.

Près de Schiphol, ils filèrent sous un avion qui décollait. Où allaient-ils ? Anvers, avait-elle dit, en tapotant les boutons de cette stupide "machine à s'orienter" placée à côté du volant.

D'accord, parfait, mais alors le long de la côte. En tout cas par la Zélande. Il voulait voir des frontières et des séparations, des écluses et des digues. Il voulait lui montrer qu'il était possible de dompter et de maîtriser les forces les plus destructrices, que les hommes pouvaient résoudre tous les problèmes s'ils réfléchissaient correctement et ne se laissaient pas entraîner par leurs émotions vers des terrains sur lesquels la raison n'a pas prise. Pendant des siècles, on avait tenté de contenir les eaux par des prières et voulu modifier le caractère de la mer. Le succès n'était venu que lorsqu'on avait su observer les propriétés de celle-ci et concevoir, sur la base de cette information, un barrage contre les marées de tempête.

— As-tu déjà vu les travaux du plan Delta ?

Elle sourit et fit non de la tête. L'épaisse chevelure d'un blond mat bougea sur son épaule. Il allait rouler d'île en île, sans effort, par-dessus ponts et écluses, franchissant cette dangereuse eau grise où, autrefois, des hommes trimaient dans des bateaux étroits, luttant contre la marée qui les faisait dériver.

En suivant la ligne des dunes, à travers les bois aux troncs raides censés lier le sable et le retenir. En prenant par-dessus les digues qui devaient résister à la mer là où le sable avait été emporté. Il voulait lui montrer un paysage né sur une table à dessin.

Ils descendirent de voiture dans un bourg désert. Une maison séculaire abritait un café, sur une petite place. Les chaises avaient été sorties sur les pavés arrondis ; ils s'assirent face au sud avec vue sur un quai où se dressaient de petites habitations de marchands, un pont en maçonnerie, une petite poterne.

Il regarda longuement ses chevilles, la parfaite convexité de l'os, le tracé bleu des veines, l'ocre de la peau.

Plus tard, ils firent un tour pour admirer l'église, les jardins de l'ancien couvent et les ruelles tortueuses à l'arrière. Il lui prit la main, cette main jeune et ferme. Son pied droit aspirait de nouveau aux pédales.

Il franchit le barrage à fond de train et chercha son chemin, à travers la campagne verdoyante, vers Flessingue. Il fallait qu'elle vît le front de mer avant la tombée du soir, car le ciel y avait des nuances lilas et pourpres comme nulle part ailleurs. Il la mena sur le môle où ils contemplèrent la masse furieuse des nuages colorée par le soleil. Puis le brouillard s'éleva de l'eau et il remarqua qu'elle frissonnait. Il la serra contre lui, lui mit sa veste sur les épaules et l'enveloppa de la chaleur de ses bras.

Ils dînèrent devant une immense baie d'où ils voyaient des pétroliers et des cargos aux noms étranges passer étonnamment près de la rive. Il lui montra le petit bateau-pilote jaune qui se dirigeait à grande vitesse vers un navire pour se placer le long de son flanc. En fixant celui-ci avec effort, elle aperçut le pilote qui grimpait, petite tache sur la coque grise. Longtemps avant qu'il ne soit arrivé en haut, le petit bateau rasait à nouveau les flots. Il expliqua que le pilote prenait le commandement. Le capitaine assistait en spectateur passif à la manœuvre que l'autre imprimait au navire sur cette eau perfide. Elle lui serra la main et sourit.

Le soleil avait définitivement disparu lorsqu'ils eurent terminé le repas. Le ciel et l'eau étaient noirs, il n'y avait pas de lune. Ils ressortirent sur le front de mer et virent les lumières des navires et les faisceaux tentaculaires du phare effleurer le fleuve scintillant et, au loin, la mer. La voiture reprit sa course sur les routes désertes jusqu'à Anvers. Sur les ronds-points et les bermes centrales, il y avait des narcisses en pleine floraison dont les corolles grandes ouvertes et les pétales recourbés semblaient aspirer à la lumière solaire. Il faisait nuit.

De la voiture, il appela l'hôtel et réserva une chambre donnant sur la cour intérieure. Il était le bienvenu, lui dit la propriétaire, il pouvait mettre la voiture dans le garage, il serait *tantôt rendu*, il n'y avait pas beaucoup de trafic sur *l'autostrade*. Il sourit, on aurait dit que la langue confirmait qu'à présent tout était différent, qu'ici on appliquait d'autres règles que celles de la région où il parlait et entendait un néerlandais châtié. Il posa la main sur la cuisse d'Eva et caressa des doigts sa peau le long de l'ourlet de sa jupe. Pas d'explications, se dit-il, pas d'histoires, pas de justifications. Ne pas dire : Ma femme ne me comprend pas, elle est partie avec le jardinier. Je n'ai pas de femme. Pas de questions. Ne pas dire : Ça t'arrive souvent, tu n'as pas d'ami, ton père est encore en vie, tu es amoureuse de moi. Je n'ai pas d'âge. Il pénétra dans le centre de la ville en manœuvrant la voiture avec dextérité. Eva regardait les façades d'un air ravi. Elle avait posé la main sur celle de Nico. Il voulait tout lui montrer, les petites places discrètes, les ruelles médiévales, les quais de l'Escaut. Il voulait lui acheter des vêtements dont les prix en francs belges paraissaient énormes, inimaginables, du parfum, des bijoux, des sacs. Il voulait lui faire manger du poisson et des huîtres et déguster du vin blanc au goût salin. Et des truffes noires et des chocolats blancs. Il voulait prendre soin d'elle. Elle ne manquerait de rien. Elle le savait, l'appréciait et lui en serait reconnaissante. Il la rendait heureuse.

Il trouva l'hôtel dans la rue étroite et sentit monter en lui l'irritation familière en constatant que la porte du garage était fermée, comme si Lou, Albert, Molkenboer et le jardinier, sifflant d'indignation, émergeaient de derrière les cloisons de sa tête pour le rappeler à l'ordre et le condamner. Tout le monde avait décidé de le contrarier et de lui faire obstacle. Même ici ! Son cœur s'accéléra et il se mit à respirer avec difficulté. Alors la forte silhouette de l'hôtelière apparut et la porte du garage s'ouvrit lentement avec un bruit de crécelle, découvrant un espace immense comme la mer où les emplacements s'offraient à son choix. Il secoua la tête pour en chasser les pensées. Il n'y avait aucun problème. Tout allait bien. Ils étaient arrivés.

La fenêtre ouverte, oui, mais les rideaux tirés de préférence. Il n'avait pas besoin du ciel avec ses étoiles comme autant de piqûres d'épingle, le carré blanc de cette chambre, de ce lit, lui suffisait. Il avait fait monter du vin et était étendu de tout son long sur les draps blêmes, le verre en équilibre sur sa poitrine. Dans la salle de bains, l'eau bruissait, sur la chaise gisaient les vêtements d'Eva, dans sa tête, les fantômes menaçants avaient été réduits au silence. Maintenant venait la nuit.

Il se réveilla en sursaut dans l'obscurité totale. Il trouva à tâtons les bords du lit, la moquette inconnue sous ses pieds, une porte fermée, une porte qui pouvait s'ouvrir. Dans la salle de bains, il s'appuya au mur, en nage, malade d'angoisse. Le miroir reflétait son visage, un visage creusé de rides avec des taches rouges et des cernes sombres sous les yeux. Lentement, il élargit l'entrebâillement de la porte ouvrant sur la chambre. Le faisceau de lumière tomba sur le lit où était étendue une enfant, une jeune fille qui serrait l'oreiller entre ses bras minces. Une enfant.

Il resta assis une bonne heure sur l'abattant des toilettes en se massant le cuir chevelu. Lorsque le tremblement de ses mollets eut diminué, il se lava à l'eau froide. Il se glissa dans la chambre et s'habilla. Il sortit l'argent liquide de son portefeuille et le posa sur le lit. Il se dirigea doucement vers la porte. Dans le couloir, il continua à marcher sur la pointe des pieds. Le portier de nuit le conduisit au garage, il sortit de la rue, de la ville et pénétra dans l'obscurité. Il arrêta sa voiture le long de la route, posa la tête et les bras sur le volant et se mit à pleurer.

VII

Qu'il ne soit pas rentré à la fin de la journée ne l'avait pas particulièrement inquiétée. Bien souvent elle ignorait s'il avait une obligation, un rendez-vous ou une réunion, elle n'entendait pas ce qu'il disait ou elle l'oubliait immédiatement. D'abord, elle avait attendu pour préparer le repas, puis y avait totalement renoncé. Elle but un verre de lait et vida un paquet de chips en regardant la télévision. Le jacassement du présentateur du journal lui était insupportable, elle coupa le son et observa les vains mouvements de la bouche, enveloppe absurde des paroles. Il faisait encore jour, il n'était pas trop tard pour aller un moment au jardin. Le présentateur implosa en un point lumineux sur fond noir.

La taupe avait de nouveau sévi sous l'herbe. Lou se mit à enfouir les monticules de sable. Elle savait qu'il fallait y enfoncer des bouteilles vides ; il suffirait qu'il y ait du vent pour qu'elles fassent retentir dans les galeries un accord terrifiant qui paralyserait l'animal. Elle boucha les trous en quelques coups de talon et jeta de la terre par-dessus. Le vainqueur était celui qui résisterait le plus longtemps. Wessel avait suggéré du poison et des pièges, il voulait aller dans l'instant au Garden Center acheter les armes, mais elle avait refusé ; elle entendait offrir à la taupe un combat loyal. Elle espérait l'inciter à élire domicile entre les pins : il y avait là tant de racines à ronger, tant de sable meuble à amonceler, tant d'espace, tant de calme. Mais la bête aveugle optait pour son lopin d'herbe.

Soudain, son jardin la rebuta. Elle ferma la porte de la cuisine et passa la grille. L'air froid du soir s'abattait sur le sol, la piste cyclable, d'un gris lumineux, se détachait dans la pénombre. Arrivée à une certaine distance, elle regarda sa maison, vers laquelle, tout comme la taupe, elle revenait toujours, faute de mieux. Marcher. Dérouler la plante des pieds sur le sol, les poings serrés dans les poches de sa veste. Ronces bleues agonisantes, touffes d'oyats, sable des dunes. Quelque chose lui éraflait le talon, elle passa le doigt entre le pied nu et la basket. Du sable. Du sable qui me pique, m'irrite et me fait mal. Ignoble, perfide sable.

Stupide. Le sable ne fait rien, il se contente d'exister. Si je pense qu'il me pique, c'est par une facétie du verbe. Il se laisse entraîner dans la chaussure, mais c'est moi qui fais quelque chose : ressentir une douleur et me fâcher. Je pourrais aussi ne pas m'en soucier, le sable n'aurait alors aucun pouvoir. Elle gravit la dernière rangée de dunes et aperçut la plage vide. Traces de pas, empreintes de pattes de chiens, châteaux de sable avaient été effacés par la mer ; à l'horizon, le soleil, devenu invisible, colorait l'air en jaune pâle. Lentement, elle revint vers la maison.

Fenêtres sombres. Pas de voiture métallisée dans l'allée. Désirait-elle donc tant qu'il rentre ? Son absence était comme le sable : irritante dans la mesure même où elle le voulait bien. Prise soudain d'une énergie fébrile, elle farfouilla, les doigts tremblants, dans la poche de sa veste à la recherche de la clé qu'elle tenta, en trépignant, d'introduire dans la serrure de la porte de la cuisine. En entrant, elle jeta sa veste par terre et ôta ses chaussures d'un mouvement brusque. Elle monta l'escalier quatre à quatre et se mit à défaire le lit. Elle battit les couvertures et les couettes sur le balcon, haletante, à tour de bras. Elle aperçut du coin de l'œil la voisine qui l'observait avec étonnement. Elle la regarda à son tour, durement, sans un salut, avant de repasser les portes vitrées de la chambre, ensevelie sous ce monceau de literie. Elle fourra le linge sale dans le panier et retendit le lit de draps odorants.

Assise à la table de la cuisine, elle ne retrouvait pas son calme. Elle remarqua qu'elle écoutait attentivement ce qui se passait dehors. Ce n'était pas grand-chose, rien que des feuilles bruissant les unes contre les autres dans la brise légère du soir, la voisine fermant une fenêtre, et le silence : aucun bruit de moteur, aucun claquement de portière, aucun grincement de poignée de porte.

Brusquement, elle se leva. Il fallait vider le lave-vaisselle, ranger les assiettes dans le buffet, les plats à leur place, les couverts dans les tiroirs. Elle jeta les fourchettes avec force dans leur casier, saisit brutalement les couteaux et se coupa l'extrémité charnue des doigts. Elle suça le sang de la blessure, furieuse.

Le saladier de verre lui glissa des mains et vola en éclats sur le sol. Elle jura. Puis elle courut au placard du couloir et traîna l'aspirateur jusqu'à la cuisine. Tout en léchant sa main blessée, elle commença à aspirer les morceaux de verre, qui traversaient le tuyau en tintant, le moteur hurlait, le traîneau crissait sur le carrelage. Lorsqu'elle arrêta enfin l'appareil, il se fit tout à coup un silence menaçant.

Et l'alcool ? Rien ne l'empêchait de boire un verre. En plus, c'était bon contre la douleur. D'abord mettre du sparadrap sur ses doigts. Gouttes de sang sur les ciseaux avec lesquels elle le coupait à la bonne taille, en se mordant les lèvres pour ne pas crier. Appliquer à la hâte en appuyant trop fort. Avec une maîtrise excessive, elle sortit la bouteille de genièvre du réfrigérateur et la porta au salon. Elle revint chercher un verre. Maintenant, s'asseoir sur le canapé. Se servir prudemment, ne pas renverser. De la mauvaise main, porter le verre à la bouche. Sentir sur ses lèvres le liquide fort, piquant mais anesthésiant. Silence.

Elle pouvait appeler l'hôpital. Il y avait sans doute un veilleur de nuit qui décrochait le téléphone. Mais que dire ? Où est mon mari, il n'est pas rentré. Impensable, jamais de la vie ! Mais pourquoi ? Peut-être le veilleur lui dirait-il qu'il y avait eu une réunion du conseil de surveillance et que, ces messieurs, maintenant, dînaient dehors, qu'il serait sans doute tard, madame, attendez tranquillement, le docteur sera bientôt là. Non, téléphoner, c'était proclamer son impuissance, lui semblait-il. Elle ne le ferait pas.

Et la police ? Une Volvo métallisée conduite par mon mari a-t-elle eu un accident ? Ah ! ma petite dame, il n'est absent que depuis ce soir ? Dans ce cas, il s'agit, en général, d'accidents d'un autre genre, retéléphonez demain si vous n'avez reçu aucune nouvelle d'ici là. Ecumant d'une rage impuissante, folle d'humiliation, elle raccrocherait violemment. S'il s'était passé quelque chose, si la Volvo avait terminé sa course contre un énorme hêtre, si Nico se trouvait écrasé, la nuque brisée, contre son airbag, cela attirerait l'attention, même en pleine nuit. Alors les policiers, de leurs doigts gantés, chercheraient dans ses poches un permis de conduire ou une carte de crédit, alors elle recevrait un coup de téléphone, ou bien un inspecteur viendrait, la mine grave, lui demander d'aller identifier le corps.

Elle secoua la tête et se leva. Assez bu. Elle voulait aller se coucher, la nuit devait passer, il fallait chasser les idées bizarres et, si personne ne pouvait l'y aider, elle devait le faire elle-même. Il était probablement fâché à cause de l'argent, malgré son hilarité de la veille, furieux de sa naïveté et il voulait la punir en l'inquiétant. Elle serait solide. Il n'y avait rien de grave. Elle pouvait appeler Wessel, elle pouvait lui demander simplement ce qu'il était advenu des sommes qu'elle lui avait remises. Elle avait dû insister pour avoir son numéro de téléphone, il n'était jamais là, avait-il dit, il y avait tant de gens dans cette maison, c'était la pagaille, des étudiants quoi, les messages n'étaient pas transmis, ça ne servait à rien. De toute façon, il venait chaque semaine, elle n'avait vraiment pas besoin de l'appeler. A contrecœur, il avait écrit un numéro sur un bout de papier. Il a honte, avait-elle pensé, il ne veut pas que ses amis le voient dans son rôle de jardinier, il est embarrassé qu'une personne âgée le demande au téléphone, c'est encore un gamin.

Le petit papier était dans le tiroir où elle gardait son argent. Résolument, elle composa le numéro. Elle n'hésitait pas, bien qu'il fût près de minuit.

— Allo, dit une voix nasillarde de jeune fille, un moment s'il vous plaît, je prends le cendrier…

— Je cherche Wessel Ten Cate.

— Oh ! dit la jeune fille.

Le silence se fit de l'autre côté. Puis elle entendit des craquements comme si le combiné se balançait au bout de son fil et battait contre un mur. Entre les coups, on percevait vaguement une conversation, la jeune fille criait de courtes phrases sur un ton interrogateur.

— Vous êtes encore là ? Il n'y a personne ici de ce nom.

— Mais il habite là ! Vous êtes certaine ?

— Oui, bien sûr, dit la fille de sa voix nasale. J'ai demandé. C'est une erreur.

Elle raccrocha. Erreur. Peut-être avait-il inscrit par inadvertance un mauvais numéro. A moins qu'il ne l'ait fait exprès. Peut-être avait-il habité là autrefois, avait-il déménagé, habitait-il ailleurs, chez une amie, chez Maj peut-être. Peut-être étaient-ils en train de dilapider ensemble ses vingt-cinq mille florins. A Paris.

Un instant elle éprouva un étrange soulagement, comme si elle avait retrouvé la trace des deux fugitifs et les avait mis en lieu sûr. Satisfaction. Elle avait bien fait. Non, elle n'avait absolument rien fait, si ce n'est d'énormes bêtises. Elle avait confié un capital à un garçon parfaitement inconnu. Laissé disparaître une fille. Donné à un homme l'occasion de la mépriser. La bouteille de genièvre devait retourner au réfrigérateur. Les portes devaient être fermées à clé, mais non verrouillées, il pouvait encore rentrer. La lampe devait rester allumée au-dessus de la cuisinière. Et maintenant, monter l'escalier, la main sur la rampe.

Elle hésitait à prendre une douche, elle avait envie de la chaleur, mais craignait le clapotement et le chuintement de l'eau qui risquaient d'étouffer tous les autres bruits. Elle se lava au lavabo, se démêla les cheveux et se brossa les dents.

Elle évita de se regarder dans le miroir et se glissa entre les draps propres dans l'obscurité de la chambre. Elle se coucha à la place de Nico, du côté du téléphone.

Quand elle s'éveilla, elle ne savait pas où elle était. Elle tendit la main vers Nico mais ne sentit que du vide. Le lit n'allait pas plus loin. Nico n'était pas là. Elle était seule. Elle s'assit et ramena ses genoux contre sa poitrine. La tête posée sur ses bras, elle réfléchit. Le portable, il avait son téléphone portable sur lui. C'était idiot de ne pas y avoir pensé tout de suite. Nue, elle descendit prendre son agenda dans son sac ; elle remonta, se rassit dans le lit et chercha le numéro. Elle composa minutieusement la longue série de chiffres. Après avoir retenti trois fois, la sonnerie s'interrompit. Elle retint son souffle.

— Ce téléphone portable est momentanément hors service. Veuillez réessayer plus tard, dit une voix métallique.

Elle reposa doucement le combiné. Elle éteignit la lampe et tira le drap sur son visage. De toute façon, il ferait bientôt jour.

Une fois dans la cuisine, elle aurait pu croire à un vendredi matin ordinaire. Elle n'avait pas de cours, l'heure n'avait pas d'importance. La couverture nuageuse était épaisse, mais il ne pleuvait pas. Le lopin d'herbe avait exactement le même aspect que la veille, la taupe s'était tenue tranquille cette nuit. Elle envisagea d'aller travailler au jardin, mais à vrai dire elle n'en avait aucune envie. Il valait mieux partir, puis revenir, que rester à attendre entre les quatre murs de la maison. Elle décida d'aller faire un tour à vélo. Mais d'abord, manger quelque chose et boire du café, et ouvrir tous les rideaux.

Le téléphone sonna pendant qu'elle remontait le store du bureau de Nico. Elle s'assit dans le fauteuil et décrocha.

— Lou, c'est Albert. Ne m'en veux pas de te déranger aussi tôt, mais j'aimerais parler à Nico. On m'a dit à l'hôpital qu'il n'était pas encore arrivé, alors je me suis dit : Je vais essayer chez lui. A moins qu'il ne soit en route ?

En route, pensa-t-elle, en route. Oui, ça doit être ça. Je dois dire quelque chose, j'ai la gorge serrée.

— Allo ! Lou ? Tu es toujours là ?

Elle toussa, se racla la gorge et déglutit. Les mots ne sortaient pas. Etrangement, l'interlocuteur prit son mutisme pour une invitation à faire du bruit. Quelle voix distinguée, son irritation était à peine perceptible.

— Les événements d'hier ont dû vous faire un choc, non ? Tu comprends que je doive parler à Nico, je crains que cette conversation n'ait un caractère plus ou moins officiel, je suis en service. Peux-tu l'appeler ?

Elle se leva, ça ne servait à rien, mais elle était debout. Allait-elle passer la tête à la porte et crier le nom de Nico dans le couloir ?

— Albert, il n'est pas là.

A son étonnement, le son de sa voix était calme et posé.

— Il n'est pas rentré. Je ne sais pas où il est. Son téléphone ne fonctionne pas. Je ne sais d'ailleurs pas ce qui s'est passé hier. Je ne sais pas ce qui aurait dû me faire un choc.

— Je viens chez toi, dit Albert. Reste où tu es, je suis là dans une petite demi-heure.

Elle entendit le déclic marquant la fin de la conversation et resta sur place, le combiné à la main. Le bureau était couvert de piles désordonnées de revues, de notes, de rapports. Une mer de papiers, et elle se trouvait sur la plage. Si elle ne quittait pas rapidement cet endroit, elle s'enliserait dans les sables mouvants.

Elle le reçut dans le living, ils s'assirent sur le canapé, tournés de trois quarts l'un vers l'autre. Elle se taisait.

Albert enleva ses lunettes et en nettoya les verres avec son mouchoir. Elle attendait. Il rechaussa ses lunettes, jeta un coup d'œil à l'extérieur et toussota derrière sa main. Puis il la regarda.

— Tu ne peux pas savoir à quel point cela m'ennuie, Lou. J'aurais préféré venir ici dans d'autres circonstances. Mais je n'y peux rien. Je vais être clair, cela vaut mieux.

Elle croisa les jambes et tourna le visage vers lui. Malgré l'atmosphère inquiétante de la conversation, elle trouvait agréable de ne pas être seule, de l'écouter et d'observer l'expression de ses traits.

— Tu sais que, récemment, je voulais te parler de ton mari, parce que je me faisais du souci. A ce moment-là, je ne pouvais être plus explicite, mais nous sommes confrontés maintenant à une situation d'urgence, si bien que je m'estime délié de mon devoir de réserve. Notre priorité est de retrouver Nico.

Elle acquiesça. Le langage solennel d'Albert l'aidait à adopter cette attitude d'observateur qui lui était familière. Elle allait enregistrer les éléments qu'il citerait et leurs rapports logiques.

Les substantifs, les verbes. La couleur des adjectifs. Elle se redressa.

— J'ai d'abord un certain nombre de choses à te dire, si désagréable que ce soit. Il est clair que Nico est en état de grande tension, il n'est plus lui-même. Il avait un différend assez sérieux avec le comité d'entreprise à propos de sa politique et surtout de la cadence à laquelle il l'imposait. Ça, c'est normal, ce n'est pas grave en soi, mais, hier, ce fut l'escalade. On en est venu aux mains ; Nico a assommé Jaap Molkenboer, qui a été hospitalisé avec le nez cassé et diverses contusions. Il a porté plainte. Nico est recherché par la police pour mauvais traitements. Je suis désolé, Lou.

Il lui effleura le poignet. Elle regarda la main sur son bras. Des doigts blancs sur une peau brune. Elle n'aimait pas Molkenboer, elle le trouvait hypocrite et sournois. Cela ne l'étonnait pas du tout que Nico l'ait tabassé. Le désapprouvait-elle ? Ce n'était pas le propos, elle devait écouter.

— A cela s'ajoute le problème de l'incendie. Les mesures de sécurité étaient totalement insuffisantes. L'alarme n'a pas fonctionné et il n'y avait pas de système de sprinklers, parce que le bâtiment était promis à la démolition. En outre, il est apparu que le personnel fermait à clé les pièces où des patients dormaient, ce qui est contraire aux règles. Tu sais qu'à cause de cela un patient est décédé. Nico n'y est évidemment pour rien, mais, en tant que directeur, il est formellement responsable. Les pompiers ont fermé provisoirement le site pour les besoins de l'enquête et ils veulent entendre Nico. Celui-ci s'y est soustrait, ce qui porte préjudice à l'établissement. Hier, j'ai convoqué une réunion extraordinaire avec mes collègues du conseil et nous avons été obligés, hélas, de prendre la décision de suspendre Nico avec effet immédiat.

Elle regarda le sol. Il avait de petits pieds, elle ne l'avait jamais remarqué. Des chaussures impeccablement cirées, ça oui. Mais d'une pointure d'enfant. Elle devait se pénétrer de ce qu'il disait, elle ne devait pas se laisser distraire. Suspendu. Petits pieds, grands mots. Elle éprouvait de la déception, et de la colère aussi. Qu'avait-il à pérorer à propos de règles, de normes de sécurité, de responsabilité ? Comme si c'était la faute de Nico si les pavillons tombaient en ruine, si les mesures prescrites étaient impossibles à mettre en pratique, si le comité d'entreprise était composé de fortes têtes et d'envieux. Il s'était investi, il s'était dépensé à l'extrême. Il fallait toujours un visionnaire, quelqu'un pour prendre la tête et indiquer la voie à suivre. Nico était celui-là. Les autres se suspendaient aux rênes pour le retenir. Elle eut un sourire involontaire en se figurant Nico, coiffé de sa bizarre casquette de cycliste, et tirant une charrette chargée de la masse de plomb des thérapeutes.

— Je crains qu'il n'y ait pas de quoi rire, dit Albert.

Elle se figea. Il était un boulet au pied de Nico. Il était partial. Il ajoutait foi aux racontars qu'il prenait pour argent comptant. Le sang lui monta aux joues et elle respira profondément, puis ouvrit la bouche. Non, du calme, pas de virulence, pas de mépris.

— N'est-il pas étrange que vous ayez pris cette décision de suspension avant que tu aies parlé à Nico ?

Je ne suis pas folle tout de même, pensa-t-elle. J'ai vu assez de querelles et de conflits au lycée ; je reconnais une décision dictée par la panique à l'œil nu. Quelle lâcheté, désigner un bouc émissaire avant de faire une enquête en bonne et due forme, sacrifier un protagoniste pour calmer le chœur.

— Si tu trouves qu'il est surmené, n'est-il pas plus simple de lui faire prendre un congé ?

Intolérable, cette façon de livrer ses commentaires à la forme interrogative. Elle aurait dû affirmer, proposer, ordonner. Avec des points d'exclamation. Retire cette suspension ! Ecoute mon mari ! Examine ta propre responsabilité !

Albert était silencieux. Il se pencha en avant, se prit la tête dans les mains. Elle ne pouvait voir son visage. Tout à coup, son ardeur combative la quitta, et le doute et l'inquiétude l'envahirent.

— Il y a autre chose, reprit Albert. Cela m'est terriblement difficile, mais je dois en discuter avec toi. Il y a autre chose.

— Oui ?

— Ce matin, j'ai appelé Alice, la secrétaire de direction.

La rangeuse de bureau, pensa-t-elle, l'employée de la maison Devoirs et Corvées. Il va me dire qu'elle a porté plainte contre lui pour harcèlement. Elle renifla.

— Elle m'a dit qu'hier, après le malheureux incident avec Molkenboer, Nico était parti en voiture. Il n'était pas seul.

Elle lui lança un regard interrogateur, la tête haute.

— Il y avait une jeune fille à côté de lui, dans la voiture. Ils sont partis ensemble

Maj, se dit-elle. Il s'est réconcilié avec Maj. Il l'a cherchée, trouvée, emmenée. Tout à l'heure, ils rentreront ensemble à la maison et tout ira bien à nouveau. Elle dut réprimer l'envie de sauter et de courir à travers la pièce. Qu'il fiche le camp, maintenant, il en a dit assez. Maj !

Mais Albert poursuivait.

— Une employée, dit-il. Une jeune femme qui travaillait dans le service qui a brûlé. Une stagiaire douée, très prometteuse. A en croire la rumeur, hélas, depuis quelque temps, Nico et elle auraient eu… enfin disons, j'ai appris de source sûre qu'ils avaient une liaison. Je le regrette plus que je ne pourrais le dire, pour toi mais aussi pour Nico, je ne l'en aurais jamais cru capable. Bien sûr, je veux d'abord entendre sa version. Mais je crains que nous ne puissions éluder la réalité. Elle non plus ne s'est pas présentée au travail ce matin, il semble donc bien qu'ils soient partis ensemble.

Albert se tut, mal à l'aise. Pendant qu'il parlait, il avait fixé un point de l'espace devant lui, maintenant, il s'était tourné vers elle et la regardait.

— Tu le savais ? Ou est-ce que je te l'apprends ? C'est affreux que nous soyons amenés à aborder ce sujet. Franchement, j'en suis assez choqué. Ce n'est pas admissible évidemment, une relation sexuelle entre un directeur et une employée, c'est contraire à toutes les règles d'éthique. La chose est passible de licenciement, même si nous ne devons pas anticiper les événements. Tu t'y attendais, tu comprends ça ?

Les chaussures de sport, l'obsession du vélo, l'énergie, l'amaigrissement, cette casquette bien trop juvénile. Les longues journées de travail, le manque d'attention pour ses activités à elle. Oui, bien sûr, elle aurait dû s'en douter. C'était sa propre faute, elle ne s'intéressait plus à lui, ne voulait jamais partir avec lui et était toujours morose. Pas assez gaie. Une stagiaire. Une stagiaire prometteuse. Elle ne doutait pas un instant que ce fût vrai. Ça concordait, ça expliquait tout, si elle avait été attentive, elle aurait su.

Elle s'enfonça dans le canapé et appuya la tête sur le dossier. Ses mains pendaient mollement le long de ses cuisses. Elle se mit à pleurer très calmement, les yeux clos. Il se passa un bon moment. Albert tâta la poche de son pantalon, toussota et lui tendit un mouchoir plié qu'elle pressa contre ses yeux. Il était encore chaud. Ses pleurs redoublèrent et elle éclata en sanglots aux côtés de l'homme silencieux qui lui avait si discrètement transmis la chaleur de son corps. La température de ses cuisses réussit là où ses paroles avaient échoué.

Elle se moucha et commença à parler, sans but ni plan. En phrases ininterrompues qui coulaient sans heurt dans l'espace de la pièce, elle décrivit comment s'étaient passés les six derniers mois, comment Nico avait conjuré son impuissance en se plongeant dans son travail, comment elle-même s'était anesthésiée avec l'impossible aménagement de son jardin. Et aussi les événements qui avaient précédé : les séances de devoirs nocturnes, les espoirs, les avertissements qui dégénéraient en disputes, l'approche de l'examen final qui entraînait, chez Nico, une impatience extrême, chez elle, de la résignation et, chez leur enfant, une angoisse mortelle. Le petit sac de sport qui avait disparu lorsqu'ils rentrèrent, un soir, du cinéma. La chambre vide et le lit étroit parfaitement refait. Le petit bureau abandonné sur lequel les livres et les cahiers se dressaient en piles bien rangées.

— Il y avait toujours eu un problème, évidemment. Elle était insaisissable. Je lui demandais : Tu veux faire du hockey ou du volley-ball ou du modern-jazz ? Elle acquiesçait et filait jusqu'au terrain, la crosse attachée à son vélo. Si nous lui demandions si elle voulait abandonner le hockey, elle acquiesçait aussi et restait à la maison. Elle faisait ce que nous attendions d'elle. Jusqu'au jour où ça n'a plus marché.

Pourquoi nous n'avons pas demandé d'aide ? Parce qu'il n'y avait rien d'anormal, d'après Nico. J'en ai touché un mot, un jour, à Molkenboer, au cours d'un de ces dîners des administrateurs. Je n'aurais jamais dû ; j'avais trop bu. Il m'a ri au nez, il ne voyait pas la nécessité d'un traitement et m'a conseillé de suivre plutôt moi-même une thérapie. Ce que je n'ai pas osé faire non plus.

— Je ne comprends pas, dit Albert. Nico est psychiatre lui-même, il devait bien voir qu'il fallait réagir ?

— C'aurait été la preuve de son échec, dit-elle d'un ton sarcastique. Donc il ne voyait rien. Avec ses méthodes, il ne pouvait ni la former, ni la changer. L'échec est écrit sur le front de notre fille. Son existence même est une accusation. Nico ne supporte pas qu'elle existe.

Elle pressa le mouchoir contre sa bouche, comme pour étouffer la véhémence de sa voix. Elle regarda, dehors, la couverture nuageuse se déchirer et les cimes des arbres ployer sous le vent qui se levait. Rien à perdre, pensa-t-elle. Rien. Je peux tout dire.

— C'est une enfant adoptée. Nous ne pouvions pas en avoir. Elle glousse et tira coquettement sa jupe sur ses genoux. Tu veux du café, Albert ? J'ai complètement oublié de t'offrir quelque chose.

Albert fit signe que non.

— C'était dû à quoi ? demanda-t-il gravement.

Elle leva les épaules.

— Ces analyses, c'était affreux. Je pensais que ça venait de moi, mais il s'avéra que ce n'était qu'à moitié vrai. Une trompe bouchée à cause d'une infection négligée. L'autre côté fonctionnait encore. Je suis à moitié apte.

Un sourire affecté, sans joie, lui échappa.

— Nico s'est fait examiner en même temps. Nous avons toujours été résolument pour l'égalité. Et que trouva l'urologue ? Sperme stérile. Ça paraît incroyable. Et nous ne pouvions le croire. Mais c'était vrai. Semence morte. Sans cause identifiable. Morte au lieu d'être vivante, simplement. Nous n'avions pas à nous disputer pour savoir qui était responsable.

Nous avons traversé une crise. Il n'arrivait pas à se résigner. Mon gynécologue a proposé l'insémination artificielle, mais j'étais sûre que Nico ne le supporterait pas. Qu'un enfant que j'aurais eu d'un autre homme circule à quatre pattes dans notre maison et que Nico s'en satisfasse ? Je ne pouvais l'imaginer. Nous devions rester égaux, ressentir la même impuissance, le même embarras. Il ne restait plus que l'adoption, ce fut Maj.

Albert se leva et alla à la fenêtre, mains derrière le dos.

— Je n'en ai jamais rien su, dit-il doucement.

La voix de Lou se fit tout aussi feutrée.

— Ce n'était pas un secret. Tout le monde pouvait le savoir, personne ne le savait. Mais être au courant, c'était encore ne rien savoir. Nous en avons évidemment parlé à Maj, comme il convient. Elle a semblé considérer nos propos, en prendre acte sans émotion, parce que c'était tout ce que nous faisions : l'informer. Surtout ne pas laisser paraître le moindre sentiment. Nous ne ressentions rien, d'ailleurs. Une petite famille parfaite, glaciale. Il faut que tu partes, Albert. Pars, maintenant.

Il prit congé, d'abord dans le living, brièvement, en s'excusant de n'être pas encore parti, puis, une seconde fois, dans le couloir, où elle avait déjà ouvert la porte et attendait, bras croisés, qu'il se fût gauchement engagé sur le perron.

— Je te contacterai dès que je saurai quelque chose, dit-il.

La porte claqua à dix centimètres de son dos raide.

Elle tenait toujours à la main le mouchoir, roulé en boule. Elle vit Albert prendre l'allée en traînant les pieds et pensa : La fête est finie. Le souvenir d'un anniversaire de Maj l'envahit – quel âge avait-elle, cinq, six ans ? Ils avaient suspendu des guirlandes, décoré la chaise, fait des gâteaux, allumé des bougies. Elle avait préparé un repas de fête et ils avaient chanté. Lorsqu'ils l'avaient mise au lit, l'enfant avait demandé : Elle commence quand la fête ? D'un coup, elle avait compris qu'elle-même, Nico et Maj étaient des patineurs débutants sur une glace lisse, cherchant leur équilibre, craignant de tomber, redoutant de s'agripper l'un à l'autre. Il n'y avait pas de fête, ils faisaient seulement semblant.

Elle était sur le point de sortir quand la sonnerie du téléphone retentit.

— Lou Desbrogé à l'appareil ?

Elle perçut un silence, émaillé de craquements, un firmament parsemé de petits bruits.

— Allo ? cria-t-elle avec force et impatience en frappant le sol de ses chaussures de marche.

— Lou ? C'est moi.

— Oh !

— Tu m'entends ? La ligne n'arrête pas de craquer !

— Je t'entends.

Mais est-ce que je vais aussi écouter, se dit-elle. Un choix se présentait à elle : ou bien elle allait céder au fléchissement de ses genoux, tirer une chaise et s'y asseoir en tremblant, ou bien elle écarterait légèrement les jambes, redresserait le dos et se sentirait, dans sa veste boutonnée, comme protégée par une solide cuirasse. C'était comme si elle s'observait elle-même avec passion, curieuse de savoir comment cette femme en tenue de promenade allait se comporter.

— Ça ne va pas bien. Je suis en Belgique. Cette nuit, je me suis mis à rouler, je ne sais pas où je me trouve. Je regrette tellement, je ne voulais pas, mais c'est arrivé quand même.

Elle gardait le silence, droite, soutenant de l'autre bras la main qui tenait le combiné, ses pieds écartés plantés sur le sol.

— Je suis parti avec une femme. Comme ça, hier, parce que j'en avais marre. Je regrette. Ça ne veut rien dire, tu le sais bien, hein ?

— La police te cherche, dit-elle soudain. Les pompiers aussi. Et Albert Tordoir. Tu es suspendu.

— Qu'est-ce que tu dis ? Je ne t'entends pas bien !

— La police veut t'interroger. Tu es suspendu. Mis en disponibilité.

Elle l'entendit crier, mais ne comprit pas ce qu'il disait. La ligne faisait un bruit de ruisseau tumultueux. Entre les crépitements surgissaient des bribes de phrases.

— … pas le plus grave… elle a fait… Maj… une fille… pardonner… le pont de Willebroek… regret…

Elle coupa la communication et resta, les mains aux hanches, à regarder le téléphone.

Lorsqu'il sonna à nouveau, elle décrocha immédiatement.

— Nous n'avons pas pu pleurer son départ parce que nous n'avons jamais pu éprouver d'émotions à son arrivée. J'ai tout fait de travers. Ce n'était honnête ni envers elle ni envers toi. Je veux repartir à zéro. Ma carrière, je m'en fous, pour moi, ce qui compte, c'est toi. C'est nous.

Elle ne savait pas si elle comprenait bien ses paroles, parce que le son faiblissait peu à peu et que le bruissement avait repris.

— Je veux te retrouver, Lou. Je veux que nous parlions vraiment, comme avant. Je crois que ma batterie est à plat. Lou ? Lou ?

Ce fut le silence, un silence de mort, sans parasites ni bruits de fond. La communication était coupée.

Elle retira sa veste et posa ses chaussures dans le couloir. Avec des pieds de plomb, elle se traîna jusqu'en haut où, sans hésitation, elle ouvrit la porte de la chambre de Maj. Le soleil de midi tombait sur le couvre-lit aux tons pâles, parfaitement tendu. Elle ferma la porte, entrouvrit la fenêtre et se laissa tomber sur la couche. Elle sortit l'oreiller et le plia en deux sous sa tête. Réfléchir. Analyser ce qu'elle en pensait réellement. Déterminer son point de vue. Elle s'endormit.

Vaguement, dans le lointain, elle entendit la sonnerie du téléphone. Il ne lui vint pas à l'esprit de se lever. Le bruit cessa et reprit presque aussitôt. Cela ne la concernait pas. Aussi longtemps qu'elle était dans cette chambre, le reste de la maison n'avait aucune importance. Il avait sûrement rechargé sa pile et voulait continuer à la bombarder de projets. Il fallait tout changer, bien sûr. Elle ferma les yeux et essaya d'ignorer le bruit. Elle imagina Nico égaré dans la campagne flamande, entre des ateliers de mécanique automobile et des baraques à frites délabrées. Elle aurait dû être furieuse d'avoir été trompée. Elle aurait dû se sentir abandonnée, répudiée, écartée pour une femme plus jeune. Mais elle n'éprouvait rien d'autre qu'une intense lassitude. Elle aurait dû être contente qu'il se montre enfin ouvert à la discussion, qu'il puisse éprouver du chagrin pour sa fille et qu'il veuille le lui dire. Mais elle se sentait étrangement indifférente. La seule chose qu'elle arrivait vraiment à se reprocher était d'avoir donné un capital à Wessel. Elle avait dû se rendormir malgré l'insistance frénétique de la sonnerie car, lorsqu'elle se réveilla, il faisait déjà presque nuit. Le vent s'était calmé, les nuages s'étaient reformés et une pluie douce tombait. Le téléphone était silencieux.

Elle regardait le rectangle blanc du plafond, immaculé, parfait. Je vais partir d'ici, pensa-t-elle, quitter cette maison, ce jardin, ces horribles dunes, cette fichue mer. Repartir à zéro, avait-il dit. Un calme vide, grisâtre, avait pris possession de sa tête, où tournoyaient des bouts de phrases interrogatives. Seule ? Autre vie ? Avec Nico ? Aucune réponse ne lui venait.

Il pourrait se trouver tout à l'heure devant la porte, il n'y avait que quelques heures de route. Alors, il faudrait qu'elle ait pris une décision. Il sonnerait, ne sachant trop s'il était autorisé à entrer. C'était elle qui devrait le lui dire. C'étaient ses paroles à elle qui avaient le plus de poids, c'était elle qui était en position de faire pencher la balance. Plus tard, des années plus tard peut-être, viendrait la facture, et le bilan serait inversé. Ainsi en allait-il, entre mari et femme.

La sonnerie du téléphone retentit à nouveau. Lentement, elle se redressa et s'assit sur le bord du lit. Si on pouvait se passer de balance, s'il entrait dans un instant et lui disait : Arrêtons, cessons de comparer, de peser le pour et le contre, de faire des comptes. Si on pouvait mettre au feu les postes du débit et du crédit, il serait possible de vivre à nouveau ensemble. Peut-être. Ils devraient cesser de compenser les balades à vélo par la passion du jardinage, la stagiaire par le jardinier. S'ils ne se sentaient plus tenus de se transformer et de se construire mutuellement, ils pourraient alors laisser s'accomplir les événements tels qu'ils se présentaient, sans camouflage, sans distorsion.

Elle se leva et sortit de la chambre. Elle laissa la porte ouverte.

Elle se déplaçait comme si elle s'était allégée de plusieurs kilos, parcourant, rapide et souple, le premier étage. Si le téléphone sonnait maintenant, elle décrocherait, mais la maison restait silencieuse. Elle s'était tout naturellement approprié la troisième chambre et, pleine d'énergie, elle se mit à emballer dans des cartons les livres scolaires haïs de Maj, à défaire le lit, à ranger les jouets. Si sa fille revenait un jour, elle devrait pouvoir être telle qu'elle est. Avec des parents qui ne seraient que ce qu'ils sont. Elle fourra dans un sac poubelle la tenue de hockey et les affaires de danse. C'est alors que la sonnette retentit.

Tout en descendant en trombe, elle martelait les larges marches de l'escalier d'un petit coup de talon supplémentaire. C'était le moment !

Sur le seuil se tenait un policier qui jeta un coup d'œil à ses pieds nus. Lentement, il leva la tête. C'était un Noir d'âge moyen portant des lunettes à monture dorée. Lorsqu'il enleva sa casquette pour la mettre sous son bras, elle vit une couronne de cheveux crépus poivre et sel.

— Madame Desbrogé ?

Elle le regarda, abasourdie, sans réagir.

— Je m'appelle Hendrik Lantzaad. Brigadier Lantzaad. Puis-je entrer ? J'ai un message pour vous.

Nico. L'interrogatoire. Elle lâcha la poignée de la porte et fit un pas de côté.

— Mon mari n'est pas encore là.

— Je sais, madame. Il passa devant elle et s'engagea dans le couloir. Pouvons-nous nous asseoir quelque part ? dit-il par-dessus son épaule. Fermez la porte, je vous prie.

Elle le précéda dans la cuisine et lui indiqua la chaise de Nico. Il posa sa casquette sur la table et attendit qu'elle soit assise. Puis il avança sa chaise tout près du bord de la table. Il étendit les bras devant lui et se pencha légèrement vers elle.

— J'ai une mauvaise nouvelle à vous annoncer. Votre mari a eu un accident de voiture. Il fit une pause avant de poursuivre : Votre mari est malheureusement décédé.

Alors seulement, elle constata que le policier tenait à la main des papiers d'identité. A travers la pochette de plastique, elle aperçut, en miniature, la tête sombre et la couronne de cheveux bouclés.

— Madame ?

Elle le regarda.

— Je voudrais d'abord vous témoigner ma sincère compassion.

Le son de sa voix chantante venait de très loin. Et pourtant, il était si près d'elle qu'elle aurait pu toucher sans difficulté ses mains d'un brun grisâtre.

— Vous savez que votre mari était en Belgique ?

Elle acquiesça.

— Il est sorti de la route, a heurté un arbre avant de tomber dans l'eau. Dans le canal de Willebroek. Nous attendons le rapport de nos collègues belges.

Cela s'est passé au début de l'après-midi. Quant aux circonstances, nous ne savons pas encore grand-chose. Bien entendu, une enquête va être ouverte. Je peux cependant vous dire qu'à ce moment-là, il n'y avait aucun véhicule en sens inverse et aussi que votre mari ne roulait probablement pas trop vite. Il y a encore beaucoup de points d'interrogation.

Il se tut à nouveau. Le silence se prolongea assez longtemps.

Alors il se leva, prit sur le plan de travail un verre qu'il rinça soigneusement avant de le remplir d'eau froide. Il le lui tendit ; elle dut résister à la tentation d'y porter les lèvres et de se faire donner à boire comme un enfant. Elle leva le bras et referma la main sur le verre. Elle but.

— Y a-t-il quelqu'un que je puisse appeler pour vous ? Vous voulez aller chez quelqu'un ? De la famille ? Une amie ? Des enfants ?

Elle fit non de la tête.

— Je vous tiendrai au courant de la suite des événements. Dans un jour ou deux, je vous convoquerai pour remplir les formalités. L'identification. La cession des biens. Mais j'aimerais continuer cette conversation demain. Cela vous va ?

De nouveau, elle acquiesça.

— Ce n'est pas bon de rester seule après avoir reçu une si mauvaise nouvelle, je pense. Mais les gens ne se ressemblent pas, ils sont tous différents. Si vous préférez, je vous laisse seule maintenant. Vous êtes sûre ? Je veux bien rester encore un moment près de vous. Je vais vous donner mon numéro de téléphone, vous pourrez me joindre quand vous voudrez.

Il sortit un stylo de sa poche intérieure et traça une rangée de chiffres au dos d'une petite carte qu'il posa ensuite devant elle. Puis il lui tendit la main et ferma doucement la porte derrière lui.

Le cimetière se trouvait au milieu d'un paysage de dunes ondoyantes. Elle n'avait pas voulu que la voiture aille au-delà du portail et tenait à parcourir elle-même, pas à pas, le long chemin sinueux qui menait au grand auditorium, perché au sommet d'une dune. Elle aurait préféré marcher sur une digue herbeuse, chaussée de hautes bottes, contre le vent qui aurait chassé ses larmes dans le coin de ses yeux. Mais, sous les pins, l'air était calme et elle portait des escarpins noirs dont les talons s'enfonçaient, à chaque pas, un peu trop profondément dans le sable.

Elle marchait entre Albert et Ineke, il y avait tout juste place pour trois personnes sur l'étroit sentier. Ineke avait passé son bras sous le sien.

Ses deux compagnons parlaient doucement entre eux, l'enveloppant de leurs propos.

— Regarde un peu tout ce monde, dit Albert. Voilà Hein Bruggink. Et Molkenboer, sorti de l'hôpital juste à temps.

— Tu as un mouchoir ? demanda Ineke. Nous restons près de toi. Tu n'as rien à faire. Albert s'occupe de tout, n'est-ce pas Albert ?

Un long cortège de personnes vêtues de noir s'étirait jusqu'au bâtiment blanc. Lorsqu'elle entra, deux jeunes gens, droits comme des cierges, se précipitèrent vers elle et la conduisirent, ainsi que ses compagnons, vers la salle. Les chaises étaient déjà occupées aux trois quarts et, sur les côtés, les gens se tenaient en rangs serrés. Il y avait un podium de marbre. On y avait installé un cercueil.

Ils avançaient lentement, entre des personnes qui s'écartaient respectueusement en se tournant vers elle. Jaap Molkenboer avait un œil au beurre noir. Son nez était emballé dans un spectaculaire montage de plâtre fixé à son front. Hein et Aleid Bruggink se joignirent à eux et les accompagnèrent jusqu'au premier rang. Ils restèrent debout jusqu'à ce que tout le monde fût entré et les portes fermées.

Discours. Qui parlaient d'amour du travail, de capacité d'improvisation, de dévouement. Alice, la secrétaire, récita un poème. Ses mains tremblaient.

Hein évoqua en termes posés et mesurés son successeur, le visage crispé de chagrin contenu. Un membre du comité d'entreprise prit la parole au nom de Molkenboer, qui n'avait pas encore retrouvé sa voix. Une jeune fille du collectif des patients murmura une anecdote.

Ils sont affectés, pensa-t-elle. Ils sont effrayés de côtoyer la mort de si près. De constater que personne n'y échappe. Tout à coup, ils ont oublié leur colère et leur rancœur et sont aux côtés de Nico comme si personne n'avait livré combat. Le besoin de réconciliation suspendu, tel un nuage étouffant, au-dessus de leurs têtes estompe toutes les colères et tous les reproches. Leur capacité de pardon les rend puissants. Moi, je ne pardonne pas. J'espère que cette jeune fille n'est pas là, que je ne serai pas obligée de la voir. Je le hais et je l'aime, mais eux, ils n'en sont pas capables. Ils ne peuvent pas se montrer faibles, ils doivent même intégrer la mort dans leurs déclarations et leurs stratégies. Leur besoin de bâtir une histoire est si grand qu'ils ne peuvent s'arrêter au contenu de chaque mot individuel. Il faut de la cohérence. Moi, je suis fragments. Moi, je suis débris.

Un homme à la tête rasée et aux bras puissants gravit le podium.

— Erik Gerritsma, chuchota Ineke, un infirmier du pavillon incendié.

Erik fit un signe en direction des côtés de la salle d'où des dizaines de personnes commencèrent à s'avancer. Elles se mirent en rangs sur le podium, autour du cercueil, regardant devant elles avec gravité. Un homme aux cheveux bouclés, portant un pull noir à col roulé, alla se placer devant l'assemblée et donna le ton.

Puis il leva les mains et un chant monta. Deux mélodies tournoyèrent l'une autour de l'autre, se séparant, se retrouvant, s'équilibrant mutuellement.

"… Joie et peine…, distingua-t-elle. Etre toujours à moi, adieu, je dis adieu… nous devons nous séparer…"

Les chanteurs portaient des vêtements malpropres. Certains se tenaient par la main, certains pleuraient sans pudeur, d'autres, intimidés, osaient à peine remuer les lèvres. Des patients, se dit-elle, le chœur des patients. Eux aussi sont troublés, comme moi, comme lui. Ils prennent congé. Ils ont du chagrin. Ils sont désemparés, ils n'ont que leur chant.

Albert remercia les personnes présentes au nom de Lou. Six hommes, dont Erik, portèrent le cercueil en une lente procession sur le sentier sablonneux. Elle entendait le bruit étouffé des pas de la foule derrière elle. Au sommet d'un pin, un merle chantait. Personne ne parlait.

Les porteurs quittèrent le sentier et avancèrent sur le sol moussu jusqu'à la tombe ouverte. La fosse se trouvait dans un endroit dégagé, sur le versant de la dune, au soleil. Elle enfonça ses talons profondément dans la mousse et regarda les hommes faire descendre le cercueil dans le sol. Le sol de sable. Les gens se tenaient en demi-cercle autour de la tombe la tête penchée. Albert prononça un dernier mot. Puis ce fut le silence.

Ineke la prit doucement par le bras et lui fit faire un quart de tour. Elle extirpa ses talons du sol. A côté de la tombe se dressait un monticule de sable dans lequel était fichée une pelle argentée.

— C'est toi qui dois commencer, Lou.

Son regard glissa d'une tête à l'autre et elle aperçut, au dernier rang, le visage amical du brigadier Lantzaad. Il tenait sa casquette devant sa poitrine. Elle s'agenouilla. A travers la forêt de jambes noires, son regard pouvait suivre la pente de la dune. Il lui sembla apercevoir en bas, dans le lointain, une jeune fille aux cheveux roux coupés court, portant un pull d'un gris terne, appuyée contre un arbre. Elle avait relevé la tête, et son visage pâle, très attentif, était tourné vers la tombe.

Lou ignora la pelle et plongea les deux mains profondément dans le monticule. Puis elle se releva et redressa le dos. Une masse humide reposait sur ses paumes.

Elle se détacha de l'assistance, fit un pas en avant et lâcha le sable qui tomba sur le cercueil avec un bruit sourd.

OUVRAGE RÉALISÉ
PAR L'ATELIER GRAPHIQUE ACTES SUD
REPRODUIT ET ACHEVÉ D'IMPRIMER
EN FÉVRIER 2003
PAR L'IMPRIMERIE FLOCH
A MAYENNE
SUR PAPIER DES
PAPETERIES DE LA GORGE DE DOMÈNE
POUR LE COMPTE DES ÉDITIONS
ACTES SUD
LE MÉJAN
PLACE NINA-BERBEROVA
13200 ARLES